Aus heiterem Himmel

Aus heiterem Himmel

Die schönsten
Witze & Anekdoten
von Prominenten

benno

Bibliografische Information der Deutschen Nationalbibliothek
Die Deutsche Nationalbibliothek verzeichnet diese Publikation in der Deutschen Nationalbibliografie;
detaillierte bibliografische Daten sind im Internet über http://dnb.d-nb.de abrufbar.

Besuchen Sie uns im Internet unter:
www.st-benno.de

ISBN 978-3-7462-3137-2

Stammerstr. 11, 04159 Leipzig
Umschlaggestaltung: Ulrike Vetter, Leipzig
Umschlag und Illustrationen: Dieter Hömer
Gesamtherstellung: Kontext, Lemsel (A)

Schenke mir die Gesundheit des Leibes
mit dem nötigen Sinn dafür,
ihn möglichst gut zu erhalten.

Schenke mir eine heilige Seele, Herr,
die im Auge behält,
was gut und rein ist,
damit sie sich nicht einschüchtern lässt
vom Bösen,
sondern Mittel findet,
die Dinge in Ordnung zu bringen.

Schenke mir eine Seele,
der die Langeweile fremd ist,
die kein Murren kennt
und kein Seufzen und Klagen,
und lasse nicht zu,
dass ich mir allzu viel Sorgen mache
um dieses sich breit machende Etwas,
das sich „Ich" nennt.

Herr, schenke mir Sinn für Humor.
Gib mir die Gnade,
einen Scherz zu verstehen,
damit ich ein wenig Glück kenne im Leben
und anderen davon mitteile.

Thomas Morus

Georg Austen

wurde am 3. Dezember 1958 in der Nähe von Paderborn geboren. Er engagiert sich insbesondere für die christliche Jugend und war als Sekretär des XX. Weltjugendtages in Köln tätig. Seit 2008 ist er Generalsekretär des Bonifatiuswerkes der deutschen Katholiken e.V. und wurde im gleichen Jahr von Benedikt XVI. zum päpstlichen Ehrenkaplan ernannt.

Der gute Wille zählt

Es gibt im Bonifatiuswerk der deutschen Katholiken eine lange und dankenswerte Tradition: Menschen bedenken zur Unterstützung der Glaubensbrüder und -schwestern, die in der Diaspora in einer Minderheitensituation leben, in ihren Vermächtnissen. In einem Vorgespräch berichtete Andreas C. von seinem Vorhaben, dem Bonifatiuswerk 40.000,00 Euro für die Hilfe in der Diaspora zu hinterlassen, seinem Sohn ebenfalls 40.000,00 Euro, für seine Nichten jeweils 10.000,00 Euro, seinem Großneffen 5.000,00 Euro und seiner Schwester 10.000,00 Euro ... Der Berater stoppte seine Ausführungen mit der Bemerkung: „Herr C., so viel Geld haben Sie doch gar nicht zur Verfügung auf Ihren Bankkonten." „Stimmt!" antwortete Andreas C. „Ich wollte den genannten Personen auch nur zeigen, dass ich an sie denke und einen guten Willen habe."

Albert Biesinger

Der Theologe und Pädagoge, geboren am 1. August 1948 in Tübingen, ist seit 1991 Professor für Religionspädagogik, Kerygmatik und Kirchliche Erwachsenenbildung an der Universität Tübingen sowie Mitherausgeber der Theologischen Quartalschrift. Seit 2002 bekleidet er das Amt des Leiters des Instituts für berufsorientierte Religionspädagogik.

Kommt Ihnen das Spanisch vor?

Gemeinsam mit dem heutigen Präsidenten von MISEREOR, Josef Sayer, meinem Kollegen Thomas Schreijäck und einer Theologiestudentin waren wir 1985 in den Hochanden in Caccallcay bei Cuzco (Peru) für eine Woche zu Gemeindeexerzitien.
Es waren beeindruckende Erfahrungen, wie eine ganz arme *indígena*-Gemeinde eine Wasserleitung baut und dieses Projekt in einer Eucharistie gemeinsam feiert.
Anschließend waren wir in einer Indianerhütte zum Festmahl eingeladen. Es gab gegrillte Meerschweinchen mit Kartoffeln und Mais und Salat. Ich würde in Europa keine gegrillten Meerschweinchen essen, hätte ich aber dort abgelehnt, wäre

es eine Kränkung für diese Familie gewesen. Nach dem Essen wollte ich die Indianerfrau loben und sagte zu ihr: „La señora me gusta." Noch hatte ich mit Spanisch nicht viel Erfahrung in der Konversation. Damit hatte ich gesagt: „Die Frau gefällt mir." Eigentlich wollte ich sagen: „Señora, das Essen hat mir gut geschmeckt." Dazu hätte ich allerdings auf Spanisch ganz anders formulieren müssen: „Señora, la comida me ha gustado mucho."
Schallendes Gelächter der Indianerfamilie. Josef Sayer, der damals Missionar in dieser Gegend war, verdrehte die Augen.
Als ich die nächsten Jahre immer wieder in dieser Gemeinde zur Weiterentwicklung des Projektes war, strahlte mir die Indianerin immer mit großen Augen schmunzelnd entgegen.

Jochen Bohl

Der Theologe wurde am 19. April 1950 in Lüdenscheid geboren und ist seit 2004 Landesbischof der Evangelisch-Lutherischen Landeskirche Sachsens sowie seit 2010 stellvertretender Ratsvorsitzender der Evangelischen Kirche Deutschlands.

Moment mal ...

„Moment mal“, sagt der Bräutigam und wird blass, „für wie lange, Herr Pfarrer?“

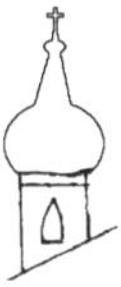

Michael Bünker

Der Bischof der evangelischen Kirche A.B. und Vorsitzende des evangelischen Oberkirchenrats A.u.H.B. in Österreich, erblickte am 26. April 1954 in Leoben in der Steiermark das Licht der Welt. Seit 2007 ist er Generalsekretär der Gemeinschaft Evangelischer Kirchen in Europa.

Fidel und der Papst

Der Papst besucht Kuba: Auf dem Programm steht ein Spaziergang auf der Hafenpromenade in Havanna. Ein plötzlicher Windstoß erfasst das Solideo und trägt es auf das Wasser hinaus. Aufregung rundherum. Fidel Castro sagt: „No problem!" Und steigt über die Hafenmauer hinunter, geht über das Wasser, hebt das Käppchen auf und bringt es dem Papst zurück. Allgemeine Erleichterung – der Spaziergang wird fortgesetzt.
Am nächsten Tag steht in der kubanischen Revolutionszeitung: „Fidel hilft sogar dem Papst." Im Osservatore Romano steht: „Durch den Heiligen Vater vollbringt sogar Fidel ein Wunder." In der New York Times steht: „Fidel kann nicht einmal schwimmen."

Drutmar Cremer OSB

wurde 1930 in Koblenz geboren. 1952 trat er in die Benediktinerabtei Maria Laach ein, 1958 folgte die Weihe zum Priester. Von 1991 bis 2002 war er Prior der Abtei. Mitarbeit in den Medien und zahlreiche Publikationen, unter anderem im Buch- und Kunstverlag ars liturgica Maria Laach, den er seit 1971 leitet.

Lebensmut

Zwei alte Frauen, die sich treffen
am Friedhof, um am Grab des Neffen
sich auszutauschen über Tod und Leben
und alles, was sie mag bewegen:
der frühe Tod des Anverwandten,
den sie als tragisch schnell erkannten.
Auch Kummer, Trost und Zuversicht
besetzten ihre Herzen – oder nicht.
Die Nachbarn aber, Freizeit, Sitte,
die treffen schon die Herzensmitte.
Der hohe Stand der Postgebühr,
er findet kein Verständnis mehr.
Die Preise bei Benzin und Strom
und neuerdings bei Telekom ...

Die Brötchen, frisch am Sonntagmorgen,
die muss man sich nun selbst besorgen.
Ach, war das früher doch so schön!
Man sah sie vor der Türe stehn.
Kurzum, die Allerweltsprobleme,
die man zu lösen sich ersehne,
die finden sie fast endlos vor
bei ihrem Plausch am Friedhofstor.
Beim Abschied aber kommt die Frage,
sie ist schon eine halbe Klage:
„Was, Olga, du bist vierundsiebzig?
Ist es in diesem Alter richtig –
und trotz der schon betagten Zeit –
dass du noch kaufst ein neues Kleid?"
Die Antwort folgte ganz spontan.
Fang nichts mit einem Dorfweib an!

„Du bist schon, Lisa, einundachtzig!
Ob du noch lange lebst, das fragt sich.
Packt dich am Friedhof nicht der Graus?
Sag! Gehst du wirklich noch nach Haus?"

Gunther Emmerlich

Am 18. September 1944 kommt der spätere Sänger und Entertainer in Eisenberg zur Welt. 1972 schließt er sein Studium an der Hochschule für Musik „Franz Liszt" in Weimar in der Fachrichtung Operngesang ab. Seine Bekanntheit nutzt er unter anderem für die Arbeit als Botschafter der *Carreras Leukämie-Stiftung*.

Historie von Noah

Als Noah aus dem Kasten war,
Da trat zu ihm der Herre dar;
Der roch des Noäh Opfer fein
Und sprach: „Ich will Dir gnädig sein,
Und, weil du ein so frommes Haus,
So bitt' dir selbst die Gnaden aus."

Fromm Noah sprach: „Ach lieber Herr,
Das Wasser schmeckt mir gar nicht sehr,
Dieweil darin ersäufet sind
All sündhaft Vieh und Menschenkind.
Drum möcht' ich armer alter Mann
Ein anderweit Getränke ha'n." –

Da griff der Herr ins Paradies
Und gab ihm einen Weinstock süß,
Und sprach: „Den sollt du pflegen sehr!"
Und gab ihm guten Rath und Lehr',
Und wies ihm alles so und so,
Der Noah ward ohn' Maßen froh.

Und rief zusammen Weib und Kind,
Darzu sein ganzes Hausgesind,
Pflanzt Weinberg' rings um sich herum;
Der Noah war fürwahr nicht dumm!
Baut' Keller dann und presst den Wein,
Und füllt ihn gar in Fässer ein.

Der Noah war ein frommer Mann,
Stach ein Fass nach dem andern an,
Und trank es aus, zu Gottes Ehr':
Das macht' ihm eben kein Beschwer.
Er trank, nachdem die Sündfluth war,
Dreihundert noch und fünfzig Jahr.

Nützliche Lehre
Ein kluger Mann hieraus ersicht,
Dass Weins Genuss ihm schadet nicht;
Und item, dass ein guter Christ
In Wein niemalen Wasser gießt:
Dieweil darin ersäufet sind
All sündhaft Vieh und Menschenkind.

August Kopisch

Gerhard Feige

wurde am 19. November 1951 in Halle (Saale) geboren. Auf das Theologiestudium in Erfurt folgte 1978 die Priesterweihe sowie 1988 die Promotion. Papst Johannes Paul II. ernannte ihn 1999 zum Weihbischof in Magdeburg und zum Titularbischof von Tisedi. Seit 2005 ist er Bischof von Magdeburg. Sein besonderes Interesse gilt dem Dialog mit den orthodoxen Kirchen.

Wahre Größe

Ein Russe, ein Amerikaner und ein Deutscher unterhalten sich darüber, in welchem ihrer Länder es wohl die größten Kirchen gibt. „Bei uns" – so der Russe – „sind manche Kirchen so groß, dass selbst Autos darin fahren können." „Das ist noch gar nichts" – entgegnet der Amerikaner – „wir haben Kirchen, da können sogar Flugzeuge in der Kuppel fliegen." „Und bei uns" – so trumpft schließlich der Deutsche auf – „taucht in einer Kirche ein Küster schon vierzehn Tage lang im Ewigen Licht und sucht den Docht."

Ulrich Fischer

Der am 11. Februar 1949 in Lüneburg geborene Theologe ist seit 1998 Landesbischof der Evangelischen Landeskirche in Baden. Zudem sitzt er im Rat der EKD und ist Kuratoriumsmitglied des Vereins *ProChrist*.

Einfallsreichtum

Eines Tages hatte mein Lehrvikar sein Beffchen vergessen, als er eine Beerdigung zu halten hatte. In seiner Not ließ er sich von Friedhofsbeamten zwei Tempo-Taschentücher und Stecknadeln geben. Schnell waren die beiden Tempos zum Beffchen umfunktioniert. Ob das jemand bemerkt hat? Beschwerden wegen liturgisch unkorrekter Kleidung gab es jedenfalls nicht.

Martin Gächter

ist Weihbischof des Bistums Basel. Er wurde am 11. November 1939 in Basel geboren, 1967 zum Priester und 1987 zum Bischof geweiht. 1998 bis 2010 war er Präsident der internationalen Ministrantenvereinigung CIM.

Der unermüdliche Bischof Franziskus von Streng (Bischof von Basel 1937–1967)

Ich kann mich erinnern, wie Bischof Franziskus im Dezember 1962 nach der ersten Session des Zweiten Vatikanischen Konzils in Rom uns Seminaristen im Priesterseminar Luzern von seinen Konzilseindrücken erzählte: „Es war unangenehm am Konzil! Wir haben diskutiert, in welchem Alter ein Bischof demissioniert werden soll. [Damals blieben die Bischöfe bis zu ihrem Tod im Amt.] Da wurde im Konzil vorgeschlagen, die Bischöfe sollen mit 80 Jahren demissionieren. Schon mit 80 Jahren! Das hat uns nicht gefallen, denn in zwei Jahren sind wir so alt! [Er war also schon 78 Jahre alt.] Doch jetzt haben wir alles gut gelöst, sehr gut gelöst! Wir haben be-

schlossen, die Bischöfe sollen schon mit 75 Jahren zurücktreten – und das kommt für uns nicht mehr in Frage!"
Da mussten wir Seminaristen laut lachen. Doch hinter uns standen einige Pfarrherren von Luzern, die schon lange auf einen neuen Bischof warteten. Sie konnten nicht applaudieren. Das hat Bischof Franziskus bemerkt und hat gleich angefügt: „Also Pfarrer könnte ich schon lange nicht mehr sein – doch Bischof geht noch sehr gut!" Und so blieb er Bischof bis zu seinem 82. Lebensjahr. 1967 hat er mich zum Priester geweiht. Nach seiner Demission lebte er noch drei Jahre, bis er im Jahre 1970 starb.

Eberhard von Gemmingen

Der Jesuit, geboren am 4. April 1936 in Bad Rappenau, leitete von 1982 bis 2009 die deutschsprachige Redaktion von *Radio Vatikan* und war der Erste, der nach der Papstwahl 2005 ein Interview mit Benedikt XVI. führen konnte. Bekannt ist er zudem durch seine Co-Moderationen im deutschen Fernsehen bei vatikanischen Ereignissen.

Das siebte Gebot

Der Pfarrer sagt zu seiner Haushälterin: „Mei Farradl hams me gstoln, des müssns me wider hergebn." Sie antwortet: „Das ist aber schlimm. Wie willst du das machen?" Der Pfarrer ist ratlos: „Was schlagst du vor?" Da hat die Haushälterin eine Idee: „Halt eine Predigt über die zehn Gebote und betone: ‚Du sollst nicht stehlen.'" Der Pfarrer ist mit dem Vorschlag einverstanden. Am nächsten Sonntag predigt er über die zehn Gebote und endet nach dem sechsten Gebot. Beim Frühstück fragt ihn seine Haushälterin: „Warum hast du denn nach dem sechsten Gebot aufgehört?" Der Pfarrer entgegnet: „Da is mir eingfalln, wo i shab stehen lassen."

Katrin Göring-Eckardt

Die Bundestagsabgeordnete und Vizepräsidentin des Deutschen Bundestags kam am 3. Mai 1966 im thüringischen Friedrichroda zur Welt. Sie ist Präsidentin des 33. Deutschen Evangelischen Kirchentages und bekleidet seit 2009 das Amt der Präses der Synode der Evangelischen Kirche in Deutschland.

Was siehst du?

Der heilige Jakob war mit seinem Schüler unterwegs in den Bergen. Als es dämmerte, errichteten sie ihr Zelt und fielen müde in den Schlaf. Vor dem Morgengrauen wachte Jakob auf und weckte seinen Schüler. „Öffne deine Augen", sagte er, „und schau hinauf zum Himmel. Was siehst du?" „Ich sehe Sterne, Vater", antwortete der schlaftrunken. „Unendlich viele Sterne." „Und was sagt dir das?", fragte Jakob? Der Schüler dachte einen Augenblick nach. „Dass Gott, der Herr, das große Weltall mit all seinen Sternen geschaffen hat. Wie klein ist doch der Mensch und wie wunderbar sind die Werke Gottes." „Ach Junge", stöhnte Jakob. „Mir sagt es, dass jemand unser Zelt gestohlen hat!"

Ludwig Gschwind

wurde 1940 in Nördlingen geboren. 1968 wurde er zum Priester geweiht, seit 1974 ist er Pfarrer von Balzhausen und Mindelzell im Dekanat Krumbach, dem er als Dekan von 1985 bis 2009 vorstand. Er ist ständiger Mitarbeiter bei mehreren Zeitungen und Autor zahlreicher Publikationen.

Kindermund

Der Herr Pfarrer ist auf dem Weg zum Kindergarten. Der kleine Karl von der 2. Klasse sieht den Pfarrer, grüßt und fragt: „Pfarrer, wo gehst du denn hin?" „Ich gehe zum Kindergarten." „Aber du hast doch gar keine Kinder." „Weißt du nicht, dass ihr alle meine Kinder seid?" „Das ist auch wieder wahr."

Der Pfarrer auf Besuch im Kindergarten fragt einen der Kleinen: „Wie heißt du?" Der Kleine ist völlig überrascht: „Du musst doch wissen, wie ich heiße, du hast mich doch getauft."

Der Pfarrer fortgeschrittenen Alters kommt zum Kindergarten, läutet an der Türe. Die Kinder stürmen zum Eingang, um zu sehen, wer kommt. Ein Bub ruft der Kindergärtnerin zu: „Da draußen steht ein Opa." Sofort wird er von einem anderen Kind berichtigt: „Du Depp, das ist doch der Herr Pfarrer."

Wo bitte geht's zur Geheimdruckerei?

Dem Diözesanjugendseelsorger der Diözese Augsburg, Kurat Alphons Satzger, war die Gestapo ständig auf den Fersen. Als das päpstliche Rundschreiben „Mit brennender Sorge" mit einem Abzugsapparat vervielfältigt worden war und per Fahrrad und Motorrad an die Pfarreien verteilt worden war, suchte die Gestapo Kurat Satzger auf. Man wollte wissen, wo sich seine „Geheimdruckerei" befände. Tatsächlich war über der Simpert-Kapelle der Basilika St. Ulrich und Afra in Augsburg der Abzugsapparat samt Papier. Kurat Satzger behielt die Nerven: „Sie suchen unsere Geheimdruckerei? Die kann ich Ihnen zeigen." Und er führte die Herren in ihren schwarzen Regenmänteln zur Toilette. „Hier befindet sich unsere Geheimdruckerei." Laut schimpfend verließen sie das Pfarrhaus.

Reinhard Hauke

wurde am 6. November 1953 in Weimar geboren. Seit 2005 ist er Weihbischof im Bistum Erfurt. Schon vor seiner Bischofsernennung erlangte er überregionale Bekanntheit durch pastoral-liturgische Projekte, die sich auch an Menschen ohne Bindung an eine christliche Kirche richteten.

Wo Gott ist, da geht alles

Zwei Kindergartenkinder diskutieren über das Adventslied „Maria durch ein Dornwald ging". Dort heißt es im Text: „Da haben die Dornen Rosen getragen." Der eine Junge sagt dazu: „Dornen können keine Rosen tragen." Der andere Junge darauf: „Wo Gott ist, da geht alles."

Martin Hein

wurde am 6. Januar 1954 in Wuppertal geboren und wuchs in Hanau/Main auf. Im Jahr 2000 wurde er als Bischof der Evangelischen Kirche von Kurhessen-Waldeck eingeführt. Seit 2003 ist er Mitglied im Zentralausschuss des Ökumenischen Rates der Kirchen.

„Fasse dich kurz"

Der hessische Landgraf wurde von einem Nachbarregenten um ein Darlehen angegangen. In Erwartung schwierigster Verhandlungen schickte dieser deshalb seinen besten Diplomaten, einen Dr. von Schnappsack, nach Kassel.

Der begann nun in öffentlicher Audienz mit folgender Anrede: „Alldurchlauchtigster und großmächtigster Fürst, gnädigster Herr, Landgraf zu Hessen, Graf zu Katzenelnbogen, Diez, Ziegenhain, Nidda ...". Da fiel ihm der Landgraf ins Wort: „Ja ja, auch meinen freundlichen Gruß und alles Gute vorweg. Und was mehr?"

Da merkte Schnappsack, dass in Nordhessen mit vielen Worten nichts zu holen ist: „Geld, gnädiger Herr." Landgraf: „Wie viel?" Schnappsack: „Hunderttausend." Landgraf: „Die Hälfte!" Schnappsack: „Untertänigsten Dank!"

Klaus-Peter Hertzsch

Der evangelische Theologe, Dichter und Buchautor wurde am 23. September 1930 in Jena geboren. Er war Mitglied der Synode des Bundes der Evangelischen Kirchen in der DDR. 2008 erhielt er die Martin-Luther-Medaille des Rates der Evangelischen Kirche.

Flottes Abendgebet

Die Mutter sitzt am Bett ihres Jungen. „Nun sprich mal schön dein Abendgebet." Und er darauf mit gefalteten Händen: „Lieber Gott, du bist flott." „Aber, aber! Das ist doch kein Gebet. Nun mal richtig!" Der Sohn also gehorsam: „Lieber Gott, mach mich fromm ..." usw. Nun noch der Gute-Nacht-Kuss, und als sie das Schlafzimmer verlässt, hört die Mutter noch den Sohn: „Lieber Gott, und du bist doch flott."

Claus Hipp

Der Unternehmer wurde 1938 in München geboren. Seit 1967 ist er Geschäftsführer des Nahrungsmittel- und Babykostherstellers Hipp. Von 1998 bis 2004 war er Präsident der Industrie- und Handelskammer für München und Oberbayern. Daneben ist er auch als Maler und Musiker tätig.

Als Ministrant

Als Kind war ich Ministrant. Um sechs Uhr dreißig Uhr war immer Frühmesse. Dafür wurde stets zwei Mal mit den langen Glockenseilen per Hand geläutet: pünktlich fünfzehn Minuten und dann nochmals genau fünf Minuten vor Beginn der hl. Messe. Einmal haben wir das zweite Läuten etwa zwei Minuten vorverlegt. Die alten Leute haben sich drauf verlassen, dass es – zuverlässig wie immer – schon fünf Minuten vor Beginn der Messe sei und sind schnell zur Kirche gelaufen, was wir sehr lustig fanden.

Und ein anderes Mal haben wir die Glockenseile hochgezogen, so dass der Mesner nicht läuten konnte.

Friedhelm Hofmann

wurde 1942 in Köln geboren. Er studierte Philosophie, Theologie sowie Kunstgeschichte in Bonn und Köln. 1969 wurde er zum Priester geweiht. Seit 2004 ist er Bischof von Würzburg.

Ganz schön verschmitzt

In der altehrwürdigen Stadt Köln streiten sich drei Frauen um das Alter ihrer Familien. Die erste Frau sagt: „Mein Name ist Bäcker, und meine Familie ist sehr alt. Sie hat schon das Brot für den Abendmahlssaal geliefert." Darauf kontert die Frau Zimmermann: „Meine Familie ist noch viel älter. Sie hat schon das Holz für die Arche Noah besorgt." Zum Schluss meldet sich eine Frau Schmitz: „Das ist doch alles gar nichts! Ihr kennt alle die Geschichte von Adam und Eva im Paradies. Und seht ihr, die Eva, die war eine geborene Schmitz!"

Reinhard Höppner

Der SPD-Politiker und ehemalige Ministerpräsident von Sachsen-Anhalt kam am 2. Dezember 1948 in Haldensleben zur Welt. Er engagiert sich in kirchlichen Bereichen, so beispielsweise als Präses der Synode der Evangelischen Kirche der Kirchenprovinz Sachsen und als Präsident des 31. Deutschen Evangelischen Kirchentages.

Der alte Herr und der junge Präses

1980 wurde ich mit 31 Jahren zum Präses der Evangelischen Kirchen der Kirchenprovinz Sachsen gewählt. Es war eine der ersten Synoden, die ich zu leiten hatte. Ich hatte den Senior der Kirche der Böhmischen Brüder aus der damaligen Tschechoslowakei eingeladen. Ein alter Herr. Die Höflichkeit gebot, ihn vom Bahnhof abzuholen.
Der Senior bedankte sich für den freundlichen Brief, den „mein Herr Vater" ihm geschrieben hätte. Ich brachte es nicht übers Herz, ihm zu erzählen, dass mein Vater im vergangenen Jahr gestorben war. Ich ließ ihn in dem Glauben, dass er der Präses sei.
Die Legende hielt nicht lange. Ich hatte die Synode zu eröffnen. Er traute seinen Augen nicht. Als wir später darüber redeten, bemerkte er väterlich: Im Unterschied zu vielem anderen wäre Jungsein ein Nachteil, der mit jedem Jahr geringer würde.

Hans-Jochen Jaschke

wurde am 29. September 1941 in Beuthen (Oberschlesien) geboren. 1989 wurde er zum Weihbischof in Hamburg und Schleswig-Holstein sowie 1995 zum Weihbischof im Erzbistum Hamburg ernannt. Er ist bischöflicher Beauftragter für die Seelsorge beim Bundesgrenzschutz und im Stiftungsrat der *Stiftung Flucht, Vertreibung, Versöhnung* tätig.

Der Ton macht die Musik

Ein junges Paar findet zusammen. Der Mann ist Musiker, spielt stolz seine Geige. Seine Frau bewundert ihn und liebt ihn innig. Er spielt ohne Unterlass – aber immer einen Ton, immer nur den gleichen, einen einzigen Ton – ohne Ende. Es dauert eine Zeit, bis seine Frau zu ihm sagt: „Liebster, du bist wunderbar. Aber ich habe schon Musiker gehört, die auch andere Töne spielen." Er antwortet entwaffnend: „Ja, du hast Recht. Aber die anderen hatten eben diesen Ton noch nicht gefunden."

Ich liebe diese einfache, unaufdringliche Geschichte mit ihrem ganz eigenen Witz. Sie hat es in sich. Seit langen Jahren begleitet sie mich.

Sie macht mich kritisch gegenüber den Monotonen, den Eintönern; und aufmerksam auf die vielen Töne, auch großmütig, wenn mal einer nicht gelingt. Sie lässt mich die Misstöne aushalten und immer darauf hoffen, dass wir „Himmelstöne" hören, die uns – wie Goethes Faust es spürt – „im Staube", auf unserer Erde treffen.

Volker Jung

Der evangelische Theologe, geboren am 22. Januar 1960 in Schlitz, ist seit 2009 Kirchenpräsident der Evangelischen Kirche in Hessen und Nassau. Er ist zudem Vorsitzender der Kammer der EKD für Migration und Integration, sowie Autor von Verkündigungssendungen im Hessischen Rundfunk.

Gott hat viele Möglichkeiten

Als junger Pfarrer auf dem Land hatte ich einen Gottesdienst in einer Nachbargemeinde zu halten. Weil die Kirche renoviert wurde, fand der Gottesdienst im Gemeindehaus statt. An diesem Sonntag war die Stimmung etwas gedrückt. Etliche der etwa dreißig Gottesdienstbesucher waren wegen eines Trauerfalls in den Gottesdienst gekommen.
Während der Liturgie geschah nun etwas Besonderes. Der Organist, ein älterer Herr, benutzte zur Begleitung ein Keyboard. Mit diesem Instrument nicht ganz so vertraut, geriet er auf eine Taste, mit der er einen kräftigen Beat-Rhythmus aktivierte. Der erklang mitten im Kyrie-Ruf. Der Küster erfasste sofort die Situation, sprang von seinem

Platz auf, hechtete durch den Gemeindesaal und zog geistesgegenwärtig den Stecker des Keyboards aus der Steckdose. Fortan durchzog eine heitere Grundstimmung den Gottesdienst. Auch die Trauerfamilie verabschiedete sich nach dem Gottesdienst mit einem Lächeln auf den Lippen. Ich dachte mir: Gott hat viele Möglichkeiten!

David Kadel

Der Moderator, Kabarettist und Autor wurde 1967 geboren. Bekannt ist er durch die Moderation der Talk-Show *N24 Ethik*, sein Comedy-Programm *David trifft Goliath* und seinen Bestseller „Fußball Gott". Mehr Informationen unter www.fußball-gott.com. Er arbeitet zudem als Persönlichkeitscoach für Profisportler und Trainer.

Mein „Hör"-Erlebnis

Meine göttlich-witzige Geschichte, die ich Ihnen erzählen möchte, ist eine Entdeckungsreise mit einem „Hör"-Erlebnis der außergewöhnlichen Art, das mir vor einigen Jahren eine völlig neue Gedankenwelt eröffnete. Angefangen hatte alles am 6. März 2000 mit einem sehr mysteriösen Zug-Erlebnis, das ich in meinem ganzen Leben nie wieder vergessen werde.

Paulo Sérgio, weltmeisterlicher Brasilianer in Reihen des FC Bayern, hatte mich zu einem Wochenende mit seiner Familie in die Landeshauptstadt eingeladen. Vor einiger Zeit hatte er auf der Kanzel seiner Münchner Kirchengemeinde im schönsten Brasilianer-Nasal-Deutsch über die Taten und Wunder des Menschen und zugleich Gottes Sohn „Chesuuuus" gepredigt.

Nun saß ich im ICE von München nach Wiesbaden und musste während der vierstündigen Fahrt immer wieder an die Worte des Brasi-Preachers denken. Das ist das Schöne am Zugfahren, man ist wegen der schlechten Verbindung kaum erreichbar und hat gezwungenermaßen endlich einmal richtig viel Zeit, sich mit sich selber auseinanderzusetzen. Ich begann über Paulo Sérgios Predigtthema „Vollmacht“ nachzudenken und mich meiner christlichen Wurzeln zu besinnen. Meine Mutter war Religionslehrerin und begeisterte Kirchgängerin, so dass sie mir schon sehr früh anhand meiner Kinderbibel das Lesen beigebracht hatte. Als kleiner Steppke war ich schon immer begeistert davon, dass mein Name so oft im Alten Testament vorkam und mein Namensvetter Protagonist einer der „Wunder“-vollsten Geschichten der Bibel war, wenn es um „Vollmacht eines Gläubigen“ ging: David und Goliath. Nun saß ich also in meinem 6er-Abteil am Fenster, mir gegenüber ein amerikanischer Opa, der die meiste Zeit der Fahrt schlief, und starrte auf die grüne Landschaft, die an meinem Fenster vorbeiflog.
Also grübelte ich so vor mich hin und begann plötzlich meinen eigenen Glauben der letzten Jahre sehr kritisch zu sehen, schließlich hatte ich noch nie ein Wunder erlebt, geschweige denn für

eines gesorgt, um Menschen damit zu helfen. Zugegebenermaßen betete ich sehr selten und wenn, dann trafen die Gebete, wenn man diese Selbstgespräche überhaupt so nennen konnte, nicht wirklich ein. Ich kam mir in diesem Moment vor wie ein ziemlich wirkungsloser Christenmensch in Gottes Bodenpersonal, den man vergessen hatte, mit Zaubertrank auszurüsten. Ein Engel ohne Flügel. Dabei wollte ich doch glauben und das, was ich in den letzten Jahren in so manchen guten Predigten gehört hatte, auch umsetzen.

Je länger ich darüber nachdachte, wie mickrig mein Glauben an Gott im Vergleich zu den Glaubenshelden der Bibel sein müsste, umso mehr kitzelte es mich an diesem Vormittag plötzlich, herauszufinden, ob es im Buch der Bücher nicht doch eine Stelle gab, die einem verriet, wie man als Christenmensch die Vollmacht erleben könnte, die einem durch den Glauben an Gott zugesprochen wird. Vielleicht war es ja wirklich so, wie mein predigender Brasilianer seine Gemeinde herausforderte, dass man, um im Glauben zu wachsen, auch einmal etwas ausprobieren und sich auf die Suche machen müsse. Schließlich heißt es doch „Sucht, so werdet ihr finden!" Also, genügend Zeit zum Suchen hatte ich ja. Gab es da nicht eine Stelle in der Bibel, in der Jesus seinen Jüngern prophezeite, dass sie sogar noch viel größere Dinge tun würden als er selbst?

Und gab es nicht einen Moment, den wir jährlich an Pfingsten feierten, in dem Jesus über den Jüngern seinen heiligen Geist ausschüttete und ihnen „Vollmacht" gab? Da war es wieder dieses Wort „Vollmacht", das mir seit Paulos Predigt nicht mehr aus dem Kopf gehen wollte.

Nun, je länger ich nachdachte, desto klarer erschien mir vor meinem geistigen Auge die Stelle, von der ich schon des Öfteren gehört hatte, dass Jesus seinen Nachfolgern „Vollmacht" gab, außergewöhnliche Dinge zu tun, wie Kranke zu heilen, prophetische Dinge im Leben anderer zu sehen usw.

Ich nahm also meine Gute-Nachricht-Bibel, eine Bibelübersetzung in modernem Deutsch, und begann quer durch das Neue Testament zu blättern, auf der Suche nach besagter Stelle zum Thema „Vollmacht". In der Hoffnung, dort etwas zu lesen, was mir in meiner damaligen Situation irgendwie Antwort geben könnte, wie man denn nun als guter Christ, der sich auch um andere Menschen kümmern möchte, leben soll. Was man tun muss, um Gott irgendwie zu erleben. Um vollmächtig zu leben – was immer das heißen würde – das wollte ich. Nicht mehr wie ein Fähnchen im Wind leben, mal glaubend, mal zweifelnd, sondern wirkungsvoll, glaubensstark, ansteckend, ermutigend und so, dass es Situationen im Leben anderer Menschen positiv verändern würde, vollmächtig-effektiv.

Während ich mit meiner mittelmäßigen Bibelkenntnis weiterblätterte, fiel mir auf, wie groß das Neue Testament ist. Vor allem dann, wenn man keine Ahnung hat, wo man einen kleinen Satz im Heuhaufen suchen sollte. Matthäus, Markus, Römer? Apostelgeschichte? Vielleicht im Brief an die Korinther? Das Hohelied der Liebe kannte ich von Hochzeiten, aber da stand auch nichts von Vollmacht. Jakobus? Philemon? Nie gehört, dass es so ein Buch überhaupt gab! 1. Petrus-Brief, schon mal gehört, aber keine Vollmacht! Offenbarung, ne da steht sicher nichts darüber, eher über weiße Pferde und goldenes Jerusalem, aber auch interessant. Aus dem anfänglichen Hier-und-da-mal-Schmökern auf der Suche nach Vollmacht wurde von Stunde zu Stunde eher Frust eines Suchenden und Ahnungslosen.

Erst nach einigen Stunden, nachdem mir schon die Augen weh taten, legte ich dieses göttliche Buch zur Seite, kurz vor dem Aufgeben, und dachte einige Minuten scharf nach. Auf einmal begann ich zu grinsen, weil mir bewusst wurde, wie ich auf der Suche nach göttlichen Versen über Vollmacht den Protagonisten selber völlig außer Acht gelassen hatte. „Wenn ich schon etwas suchte, was mit Gottes Wirken durch uns Menschen zu tun hatte, warum war mir dann bis zu diesem Moment nicht die Idee gekommen, diesen Chef-Gott selber zu fragen? Man könnte doch einfach beten: „Gott, kannst Du mir bitte irgendwie zeigen und verraten, wo ich diese bestimmte Bibelstelle finden kann? Äh, Amen" sagt man ja am Ende. Meine Zugabteil-Situation wurde immer skurriler. Von meiner neuen spontanen Idee begeistert, hörte ich mir plötzlich zu, wie ich – natürlich nur innerlich wegen des schlafenden Opas – zu Gott betete: „Bitte zeig mir doch, wo ich diese verdamm... nein das sagt man nicht im Gebet, diese tolle Bibelstelle finden kann! Amen!" Nun, was würde passieren? Regungslos saß ich auf den inzwischen sehr aufgeheizten roten Bahn-Polstern und harrte der Dinge. Ich hatte beschlossen, nicht mehr weiterzublättern, weil es albern und chancenlos war.

Im „Rhein-Sprinter" 2.-Klasse-Abteil wählte ich die kontemplative Form des Gebets, sprich: hohe Konzentration. Einfach mal alle anderen Gedanken an Fußball, Kinoprogramm des Abends und Essen ausblenden. Zumindest versuchte ich es, und ich merkte schnell, wie schwer so was ist, denn was mir nach einigen hoch konzentrierten „Was will mir Gott sagen"-Sekunden in den Kopf kam, war ein doofes „Schau im Kicker nach". Wie gesagt, Gebete haben wohl damit zu tun, die Kunst des totalen „Ausblendens" zu beherrschen. Definitiv nicht meine Stärke. „Vielleicht müsste man ja, um von Gott wirklich eine echte, sagenhafte, legendäre, umwerfende Gottes-Antwort eingeflößt zu bekommen, erst einige Tage bei Wasser und Brot im

Kloster verbringen?“, rannen die Gedanken durch meinen Kopf, während ich weiter wartete und versuchte, mein wöchentliches Kicker-Sport-Magazin auszublenden, das auch an diesem Montag noch ungelesen in meinem Rucksack hinter den bayrischen Butterbrezeln lag.
„Schau im Kicker nach." Schon wieder. Langsam wurde es mir ein bisschen blöde. Aber gleichzeitig sollte es eine Bestätigung sein, dass Männer nur Fußball im Kopf haben. Ich war gerade dabei, mich selbst und meine lächerlichen Gebetsversuche auf den Arm zu nehmen, alles andere als vollmächtig, eher ohnmächtig, aber wer mich kennt, der weiß, dass ich nicht so schnell aufgebe. Also versuchte ich ein drittes Mal in mich hineinzuhören – kann Gott eigentlich auch akustisch vernehmbar sprechen? – und flüsterte ein „Gott, jetzt mal ganz im Ernst, wenn es dich gibt, dann kannst du mir doch auch einfach sagen, wo ich diesen Vers finde" vor mich hin. Ich wurde wieder ruhig. Drückte so gut es ging all diese Gedanken weg, die einem da in wenigen Sekunden durch den Kopf schwirren. „Nein, kein Fußball David, auch nicht Essen, kannst du später, hässlich diese vergilbten Kopfstützen der Bahn, Opa schläft immer noch, hab ich mein Handy auf stumm, Mensch, jetzt konzentrier dich, Schaffner läuft an der Abteiltür vorbei, mach die Augen zu, Gott, Gott, hallo? Hallo? Sprich, jetzt!" RUHE. Endlich konnte ich etwas besser eintauchen,

mich konzentrieren, einen auf Joga machen, Meditation. Tut gut die Stille, die innerliche. Und ... und ...? Hmmm?

Nun, es passierte nichts, gar nichts. Überhaupt nichts. Ja bis auf den Kicker, da war dieser wirre Gedanke wieder, der an meinen Schädel klopfte: „Schau im Kicker“. Sonst nichts.

Ich weiß noch genau, wie ich mir damals, als ich nach dem Kicker suchte, sagte: „Bist du eigentlich bescheuert, David Kadel, Sohn einer persischen Religionslehrerin!?“ Keine Ahnung, warum ich nun wirklich den Kicker aus meinem Rucksack zog, ob es Neugier war, Experimentierfreude oder einfach nur ein religiöser Dachschaden, aber ich tat es. An diesem 6. März 2000 halte ich auf der Suche nach einer Bibelstelle die Kicker-Ausgabe Nummer 20 in der Hand und frage mich, wo ich denn nun beginnen soll, nach diesem Vers zu suchen, der mir nicht mehr aus dem Kopf gehen will. Natürlich fängt man an, eine Zeitschrift zu lesen, indem man erst mal das Cover studiert mit seinen großen und kleineren Überschriften und Bildern. Eigentlich wollte ich gerade genau dies tun, nämlich die Überschriften checken, ob da irgendein göttlicher Hinweis versteckt wäre, als mich plötzlich – und glauben Sie mir, dies ist keine Phrase – der Schlag traf. Direkt fett vor meinen Augen war als großes Cover-Foto einer der berühmtesten deutschen Fußballer in seinem FC-Bayern-München-Trikot abgebildet.

Von hinten fotografiert, mit Rückennummer und Namenszug auf dem Jersey, symbolisch, weil er Deutschland und die Bundesliga verlassen würde. Groß, größer, kaum zu übersehen sprang mir der Name dieser Fußball-Legende und seine Rückennummer ins Gesicht: „MATTHÄUS 10".

Ich weiß nur, wie ich mit zitternden Händen und kreidebleichem Gesicht nach meiner Good-News-Bibel griff und dabei innerlich immer nur zu mir selber sagte: „Da wird doch nicht, da wird doch nicht, da wird doch nicht ..." Während ich blättere, Matthäus 1, 2, 3, 6, 8, merke ich, wie mir plötzlich ganz heiß wird, ich muss meinen Pulli ausziehen. Komisch, da hätte eigentlich bei 60 Büchern der Bibel und bei Hunderten von Seiten, mit der Chance 1:1000000 alles stehen können, aber irgendwie wusste ich tief in mir in diesem Moment ganz genau, was ich gleich lesen würde. Hier ist es, Matthäus 10. Jetzt geschieht es. Matthäus 10, aber wo da genau? Am besten von vorne beginnen, Matthäus 10, Vers 1, ich lese:

„Und er rief seine zwölf Jünger zu sich und gab ihnen die Vollmacht, böse Geister auszutreiben und alle Krankheiten und Leiden zu heilen."

Es war EXAKT die Bibelstelle, die ich gesucht hatte, und Gott benutzte tatsächlich den guten alten Kicker, um mir zu zeigen, dass er mich und meine Gebet ernst nimmt und auch (er-)hört.

Heiner Koch

Der Theologe wurde am 13. Juni 1954 geborene und übte in seiner bisherigen Laufbahn verschiedene seelsorgerische Tätigkeiten aus. 1993 wurde er zum Kaplan seiner Heiligkeit, 2002 zum stellvertretenden Generalvikar und 2006 schließlich zum Weihbischof des Erzbistums Köln ernannt.

Wissbegierig

Ein kleiner Junge besucht mit seinem Vater die Kirche. Als erstes fällt dem kleinen Jungen, der sehr wissbegierig ist, das Weihwasserbecken auf. „Was ist das?", fragt er den Vater. „Ich weiß es nicht", lautet die Antwort. Etwas später entdeckt der Junge den Beichtstuhl; auch hier kann der Vater keine Antwort darauf geben, was dies denn bedeute.
Schließlich gelangen beide an den Tabernakel, vor dem das „Ewige Licht" leuchtet. „Was ist das?", fragt der Junge den Vater, der ihm abermals antwortet: „Ich weiß es nicht." Der Junge wird zunehmend unsicherer und verstörter und fragt schließlich den Vater: „Stört es dich eigentlich, dass ich dir dauernd Fragen stelle?" „Aber nein, ganz im Gegenteil", erwidert der Vater, „wer nicht fragt, lernt doch nichts."

Alois Kothgasser SDB

wurde am 29. Mai 1937 geboren. Von 1982 bis 1997 war er Professor für Dogmatik an der Philosophisch-Theologischen Hochschule der Salesianer Don Boscos Benediktbeuern sowie von 1994 bis 1997 deren Rektor. Seit 2003 ist er Erzbischof von Salzburg.

Das Obst von Jesus

Visitation der Volksschule (Grundschule) von Niederau in der Wildschönau in Tirol. Ein Bub sagt der Religionslehrerin: „Der Herr Erzbischof darf ruhig kommen, ich habe alles gelernt. Er kann alles fragen. Nur eines fällt und fällt mir einfach nicht ein – das vom Obst von Jesus." Die Religionslehrerin denkt nach und sucht und fragt, was der Bub wohl meinen könnte, bis sich nach längerem Austausch herausstellt, was ihm partout nicht einfallen wollte: die „Früchte des Heiligen Geistes".

Johannes Kuhn

Bekannt ist der evangelische Theologe durch die ZDF-Reihe *Pfarrer Johannes Kuhn antwortet* und als Quizmaster der ARD-Show *Reise nach Jerusalem* sowie durch seine Andachten im Hörfunk und als Buchautor. Geboren wurde er am 21. April 1924 in Plauen.

Ihm war nichts zu teuer

Ich traute meinen Augen nicht, als ich die Tür öffnete. Da stand doch sage und schreibe einer der anhänglichsten Leute meiner früheren Gemeinde vor mir. Er gehörte zu denen, die regelmäßig einmal die Woche an die Tür gekommen waren, um eine milde Gabe zu erbetteln. Um es ihnen nicht ganz so leicht zu machen, ließ ich mir jedes Mal eine Geschichte erzählen, die Bettler immer parat haben, um auch harte Herzen zum Schmelzen zu bringen. Oft waren die Geschichten nicht mehr als eine Mark wert, manchmal vielleicht auch fünf Mark. Und jetzt stand er vor mir. Fünfhundert Kilometer von dem Ort entfernt, wo ich ihn so gut gekannt habe. Wie er die Adresse erfahren haben mochte – ich weiß es nicht. Jedenfalls bat ich ihn herein, und bei Kaffee und Kuchen taute er auf. Er war groß in Form, er hatte sogar meiner Frau einen

Blumenstrauß mitgebracht. Wir sprachen über alles Mögliche, und er merkte wohl, dass es langsam für ihn Zeit wurde, wieder aufzubrechen. Natürlich erwartete er auch etwas in die offene Hand. Ich wollte mich nicht lumpen lassen und ließ auch entsprechend etwas springen. Aber mit großen Augen schaute er den Schein an: „Sie, das ist zu wenig", sagte er. „Bedenken Sie doch – erst die Reise mit der Bahn und dann noch den Blumenstrauß ..." Da lernte ich mal wieder, was Anhänglichkeit bedeutet.

Die überraschende Wendung

Es war zu Beginn des Gottesdienstes. Der Pfarrer machte gerade ein paar Ansagen. Und weil er ein leutseliger Mann war, forderte er die Gemeinde auf, sich gegenseitig „Grüß Gott" zu sagen, sich bekannt zu machen. Und das taten die Leute denn auch. Der eine oder andere nahm seine Tasche zur Hand, schnäuzte sich, um nachher nicht für Unruhe zu sorgen, und da passierte es offenbar. Irgendwie, so sah es ein Gottesdienstbesucher in der vierten Bank, irgendwie war der Frau, die zwei Meter von ihm entfernt saß, etwas aus der Tasche gefallen. Sie hatte es nicht bemerkt. Darum bückte er sich, um ihr wieder zu ihrem Eigentum zu verhelfen. Aber was er da beim näheren Hinschauen sah, ließ ihn

doch etwas stutzig werden. Was da lag, das war nicht irgendetwas, das war eindeutig ein Gebiss.
Er lehnte sich wieder zurück und beugte sich zu der Frau hinüber. Leise flüsterte er: „Sie, gute Frau, Ihr Gebiss ist Ihnen rausgefallen aus der Tasche."
Ganz erstaunt blickt sie ihn an, und während sie sich bückt und das gute Stück aufhob, erklärt sie ihm: „Meins ist das nicht. Das ist von meinem Mann. Das nehm ich immer mit. Der geht mir sonst an den Sonntagsbraten."

Die Welt im Kleinen

Da saß ein Vater am Schreibtisch und arbeitete. Der Sohn spielte an seinem Computer herum und war ziemlich laut. Das wurde dem Vater zu viel. Er nahm aus einer Illustrierten eine Seite raus, auf der eine Weltkugel abgebildet war. Er zerriss diese Seite und gab die einzelnen Stücke dem Sohn: „Jetzt setz mal die Welt wieder zusammen." Und meinte nun Ruhe zu haben. Aber nach kurzer Zeit kam der Sohn mit der wieder zusammengeklebten Welt: „Hier – fertig!" Der Vater war ganz erstaunt. „So schnell! Wie hast du das denn gemacht?" Darauf der Sohn: „Auf der Rückseite der Zeitungsausschnitte war das Gesicht eines Menschen. Ich brauchte nur das Gesicht wieder zusammenzusetzen und die Welt war wieder ganz."

Der fatale Versprecher

Da hatte eine junge Sprecherin zum ersten Mal eine Sendung „live“ anzusagen. Mit ihrem Manuskript lief sie auf und ab und lernte fleißig.
„Wie heißt denn Ihr erster Satz?“, fragte ein Kollege. Und sie las laut vor: „Guten Abend, meine Damen und Herren. Sie hören jetzt die Nussknackersuite von Peter Tschaikowsky.“
Nun sind ja Kollegen manchmal ein bisschen gemein: „Passen Sie auf“, sagte er, „da hat sich schon mal jemand versprochen. Der hat ‚Nusskackersuite‘ gesagt. Seien Sie vorsichtig, lernen Sie das genau auswendig!“
Na, das Gesicht der Sprecherin hätten Sie sehen sollen! Wie die sich jetzt über ihren Text hermachte und an dieser Stelle mit Rot- und Grünstift Warnsignale einbaute, um ja nicht zu stolpern.
Endlich war es soweit. Sie nahm Platz an ihrem Tisch im Studio, und hinter der Scheibe nickten ihr die Kollegen ermunternd zu. Dann bekam sie rotes Licht und begann zu sprechen: „Guten Abend, meine Damen und Herren. Sie hören jetzt die Nussknackersuite“ – und dann machte sie eine sieghafte Bewegung zu denen draußen hinter der Scheibe – „von Peter Tschaiskowsky ...“
So hatte sie der Versprecherteufel doch noch eingeholt. Uns blieb nur, sie zu trösten – und einige Hörer taten es auch.

Klaus Küng

Der studierte Mediziner und Theologe wurde am 17. September 1940 in Bregenz geboren und ist Mitglied der katholischen Organisation *Opus Dei*, Konsultor des *Päpstlichen Rates für die Familie* und seit 2004 Bischof von St. Pölten in Österreich. Zudem veröffentlichte er neben verschiedensten Artikeln auch die pastorale Schrift *Geistlicher Rundbrief*.

Eine Schulstunde

Einmal besuchte ich in einem kleinen Bergdorf die Schule.

Da ein Teil der Kinder in der Woche zuvor die Erstkommunion empfangen hatte, kamen wir auf Jesus zu sprechen, auch auf das Kreuz an der Wand und seine Bedeutung. Da ihre Erklärungen spärlich waren, versuchte ich es einfacher: „Wann hat Jesus eigentlich gelebt?" Wie aus der Pistole geschossen kam die Antwort: „Vor Millionen und Millionen Jahren." Nachdem wir dann anhand der Jahreszahl zu einem etwas vernünftigeren Ergebnis fanden, fragte ich: „Wo ist er denn geboren worden?" – „In Rom", kam es sofort zurück. Am Ende ermutigte ich sie, so gut ich konnte, unseren christlichen Glauben kennenzulernen.

Werner Tiki Küstenmacher

Seit seiner Kindheit interessiert sich der 1953 in München geborene für das Zeichnen, sodass der evangelische Pfarrer sein Hobby zum Nebenberuf machte. Daneben ist er auch als Journalist und Bestsellerautor des Buches *Simplify your life* bekannt und war als Moderator in religiösen Talkshows tätig.

Die Sache mit dem W.C.

Gegen Anfang der 30er Jahre wandte sich eine Städterin schriftlich an die kleine Landgemeinde, in der sie Urlaub zu machen gedachte. Besorgt fragte sie nach, ob auch ein W.C. zur Verfügung stände. – Der Bürgermeister samt Gemeinderat war über die eigenartige Abkürzung völlig ratlos. Zuletzt wurde sogar der Dorfgeistliche befragt, und der vermutete, dass es sich dabei eigentlich nur um ein Waldkapellchen handeln könne, das die neumodischen Städter inzwischen vielleicht mit C schreiben würden. So verfassten die Mitglieder des Gemeinderates gemeinsam mit dem Pfarrer folgenden Antwortbrief an die besorgte Touristin: „Sehr verehrte, gnädige Frau! Herzlichsten Dank für Ihre erfreuliche Anfrage, zu der wir Ihnen erfreulicherweise erwidern dürfen, dass Sie an unserem Orte alles zu Ihrer vollsten Zufriedenheit vorfinden werden. Selbstverständlich verfügt unser Dorf auch über ein W.C., und dies bereits seit über 300 Jahren. Das W.C. ist günstig mitten im idyllischen Wald gelegen und kann bequem in einer Viertelstunde zu Fuß erreicht werden. Es hat etwa 30 Sitzplätze, ist tagsüber ständig geöffnet und steht zu Ihrer Verfügung. Meistens wird unser W.C. von den Menschen alleine aufgesucht, aber an Fest- und Feiertagen versammeln sich dort oftmals mehrere, um gemeinsam den Zwecken zu huldigen, für die unser W.C. erbaut wurde. Dies geschieht meist unter sachkundiger Anleitung des Herrn Pfarrers, der auch unter der Woche öfter im W.C. anzutreffen ist. Zu besonderen Anlässen gibt es in unserem W.C. auch musikalische Begleitung durch unsere Blaskapelle. Auf Anregung des Herrn Pfarrers werden bei diesen Anlässen in unserem W.C. Zettel bereitgehalten, damit Sie es bequemer haben, der Veranstaltung zu folgen. Wir hoffen, dass damit Ihrem Aufenthalt in unserem schönen Ort nichts mehr im Wege steht. Es freut uns immer wieder, wenn die Menschen von weither kommen, nur um unser W.C. zu benutzen. Hochachtungsvoll Ihr Gemeinderat."

Dumm gelaufen

Der Pfarrer ist bei Frau Krüger zum Kaffeetrinken eingeladen, einer sehr ordentlichen und engagierten Mitarbeiterin seiner Gemeinde. Er wird freundlich empfangen und zum Warten ins Wohnzimmer gebeten. Die Gastgeberin hat noch etwas in der Küche zu tun. Auf dem Schreibtisch im Wohnzimmer entdeckt der wartende Pfarrer eine säuberlich geschriebene Liste:

- Kuchen kaufen, der wie selbstgebacken aussieht
- das Buch, das mir der Pfarrer geschenkt hat, mit Lesezeichen auf den Couchtisch legen
- diese Liste wegwerfen, bevor der Pfarrer kommt.

Selbstredende Bibelzitate

Als der Pfarrer nach mehrmaligem Klopfen keinen Einlass in das Haus findet, hinterlässt er eine Visitenkarte mit folgendem Bibelzitat: „Siehe, ich stehe vor der Tür und klopfe an. So jemand meine Stimme hören wird und die Türe auftut, zu dem werde ich eintreten." (Offenbarung 3,20). Am Sonntag darauf überreicht die Frau beim Verlassen der Kirche dem Pfarrer ihre Karte mit dem handgeschriebenen Hinweis: „1. Mose/Genesis 3,10". Als der Pfarrer die Stelle zu Hause nachschlägt, liest er: „Ich hörte dich im Garten und fürchtete mich; denn ich war nackt, darum versteckte ich mich."

Das Original

Ein Pfarrer brachte in seinen Predigten gern Zitate aus den einschlägig erhältlichen Predigtsammlungen unter. Eines Sonntags saß ein alter Herr unter seiner Kanzel und sagte nach den ersten Sätzen der Predigt laut und vernehmbar: „Das ist von Jörg Zink!" Der Prediger fuhr irritiert fort, doch schon nach den nächsten zwei Sätzen tönte es von unten: „Das ist von Eberhard Jüngel!" Der Prediger schluckte seinen Ärger herunter und machte weiter, doch schon bald war deutlich zu vernehmen: „Das ist von Eugen Drewermann!" – Da beugte sich der Pfarrer zornesrot über den Rand der Kanzel und rief dem Störer zu: „Wenn Sie jetzt nicht schweigen, werde ich Sie unverzüglich vor die Türe setzen!" Darauf der alte Herr, bewundernd: „Das ist von Ihnen!"

Konfessionelle Verwicklungen

In einer englischen Tageszeitung war folgende Begebenheit zu lesen: „Der anglikanische Pfarrer Roger Scott hat vergangenen Montag auf Wunsch der

Angehörigen einen der wenigen Katholiken seines Ortes kirchlich bestattet. Die Kirchenbehörde sah daraufhin konfessionelle Verwicklungen und politische Anklagen voraus und richtete an Scott die förmliche Anfrage, wie er dazu gekommen sei und warum er den Katholiken begraben habe. Scotts lakonische Antwort: ‚Weil er tot war.'"

Ungewollte Vertretung

Der Pfarrer war erkrankt. Ein anderer Geistlicher, der für seine länglichen Predigten bekannt war, hatte sich bereiterklärt, ihn zu vertreten. Als er auf der Kanzel stand, stellte er enttäuscht fest, dass nur zehn Seelen gekommen waren, den Chor mitgezählt. Hinterher beklagte er sich beim Küster: „Der Gottesdienst war aber schlecht besucht. Hat man denn die Leute nicht informiert, dass ich komme?" „Nein", erwiderte der Küster, „aber es muss trotzdem irgendwie durchgesickert sein".

Karl Kardinal Lehmann

wurde am 16. Mai 1936 in Sigmaringen geboren. Seit 1983 ist er Bischof von Mainz. Der ehemalige Vorsitzende der Deutschen Bischofskonferenz wurde 2001 von Papst Johannes Paul II. zum Kardinal ernannt. 2005 wurde er mit dem *Orden wider den tierischen Ernst* des Aachener Karnevalsvereins ausgezeichnet.

Ein Hirte

In Aachen bin ich angekommen,
verehrte Gäste in der Rund',
hab' einen weiten Weg genommen,
lief Tag und Nacht so manche Stund.

Ein Hirte bin ich, wie Sie sehen,
trieb meine Herde meilenweit,
wollt' pünktlich auf der Bühne stehen
zum Ritterschlag zur rechten Zeit.

Entlang des Rheins bin ich gezogen,
verlor dabei kein einzig' Schaf.
Nun hoff' ich, ihr seid mir gewogen.
Seid mir gegrüßet mit „Alaaf“ !

Doch sag' ich gleich: ich steh' nicht ewig
in eurem legendären Käfig,
sonst schreibt die Zeitung – das wär' bitter:
„Der Mainzer Lehmann hinter Gitter."

Drum gebt mir, liebe Ordensbrüder,
per ipsum meine Freiheit wieder!
Denn das höchste Glück auf Erden
hab' ich inmitten meiner Herden.

(Verlassen des Käfigs)

Ein Hirte ist auf alle Fälle
ein Leben lang nur Junggeselle.
Kein Wunder, wenn man Tag und Nacht
den Arbeitsplan genau betracht'.

Ich seh' auch dann, wenn and're schlafen,
rund um die Uhr nach meinen Schafen,
bin sehr zufrieden, fühl' mich gut,
wenn auch mein letztes Schäfchen ruht,
und hab' darum, das tut mir leid,
für Frau und Kinder keine Zeit.

Schon Papst Johannes XXIII. hat gesagt:
„Man kann zwar mit einem Hirtenstab in der Hand heilig werden, aber auch mit einem Besen".
Doch ich bin froh für meine Arbeit!

Früher hieß es: „Ora et labora" – bete und arbeite.
Benedikt von Nursia

Heute heißt es: „Ora pro labore" – bete um Arbeit!
Wolfgang Clement

Apropos Arbeit!
Ordensbruder Henning Scherf weiß gewiss, was Behörden und die Bremer Stadtmusikanten gemeinsam haben:
Oben wird laut gekräht,
in der Mitte legen Hund und Katze die Pfoten auf den Tisch,
und die Esel unten haben die ganze Last zu tragen.

Bei dieser Gelegenheit möchte ich dich, lieber Ordensbruder Henning Scherf, offiziell vom Freitagsgebot befreien, an diesem Tag kein Fleisch zu essen.
Denn bei deiner Körpergröße ist es ohnehin Samstag, bis das im Magen ist.

Als Hirte hör' ich gerne nicht,
wenn man von schwarzen Schafen spricht,
weil alle, die ich bei mir find,
fast überwiegend schwarze sind.

Aber ich will nicht schwarz-weiß malen.
Farben bestimmen unser Leben,
und sie haben eine große Symbolkraft:
Rot ist -- die Liebe,
Grün ist -- die Hoffnung,
Gelb ist -- -- -- der Strom?

Selbst für bestimmte Berufsstände sind Farben wichtig:
So ist blau die Farbe der Philosophen, weil sie uns das Blaue vom Himmel erzählen,
grün ist die Farbe der Chirurgen, weil der grüne Rasen ihre Opfer bedeckt,
und schwarz ist die Farbe der Kleriker, weil die Unschuld weiß ist.

Die ganze Herde, ohne Faxen,
ist dennoch mir ans Herz gewachsen.
Ein guter Hirte, Gott behüt',
der macht doch keinen Unterschied,
woher sie kommen, wer sie sind
und was ein Schäfchen so empfind'.
Im Saal hier alle Schafe zähl' i(s)ch:
Fünfzig Prozent sind evangelisch.

Wenn man so sieht, wie auch das Schaf
voll Liebe rücksichtsvoll und brav
bei Tag und Nacht sein Lamm betreut
und dabei keine Mühe scheut,

könnt' man sich denken, dass ein Kind,
wie man es oft bei Menschen find',
hätt' lieber statt feudalem Futter
auch so ein Super-Schaf als Mutter.

Ich frage hier mal ganz dezent,
wer denn von Ihnen Dolly kennt?
Ich denke nicht an manches Laster,
ich mein' das Schaf und nicht Frau Buster,
das Tier, das für uns Ungewohnte,
das man in England damals klonte,
das weltweit großen Ruhm erwarb
und doch nach kurzer Zeit schon starb.

Nachdem das Herz nun nicht mehr klopft,
da hat man Dolly ausgestopft.
Und die Moral von der Geschicht',
dies ist zu sagen meine Pflicht:
Der Schöpfergott ist doch nicht dumm,
drum murkst an seinem Werk nicht rum.
Nicht nur ein Hirte weiß auf Erden:
Was lebt, muss auch behütet werden.

Man sieht es jeden Tag: Die Inflationsrate unseres Könnens steigt an; wir kommen mit der Technik vom Hundertsten ins Tausendste ... Für viele Hundertprozentige, Überzeugte und Ehrgeizige ist es aber ein Glück, dass die katholische Kirche nur heilig und nicht unheilig spricht.

Doch will ich jetzt, statt viel zu richten,
von meinem langen Weg berichten:
Rheinhessens Fluren, Orte, Gassen,
hab' ich recht schnell zurückgelassen.

Nach Bingen ging's den Rhein hinunter,
wo Hildegard vor tausend Jahren
mit Kräutern machte Kranke munter,
die auch den Tieren nützlich waren.

Weil Medizin sich jedermann
auf Dauer nicht mehr leisten kann,
halt ich's erfolgreich lange schon
mit guter, alter Tradition:

Es muss bei jedem Zipperlein
nicht gleich Gen- und High-Tech sein!
Nicht jeder Fettring um den Bauch
braucht unbedingt den Absaugschlauch.
Schnallt euch den Gürtel einfach enger,
dann seid ihr schlank und lebt auch länger.

Als ich bei meinen Schafen wacht',
mir Ulla Schmitt die Botschaft bracht':
„Schlaf weiter schön gesund auf Stroh!
Benedicamus Domino!!"
Denn da man eifrig und forciert
uns're Gesundheit reformiert,
blick' ich voll Sorge auf die Schafe.
Dann steht sogar im tiefsten Schlafe

ein mahnend Wort der Schrift vor mir
Ezechiel, 34 – 4:

„Die schwachen Schafe stärkt ihr nicht,
die kranken Schafe heilt ihr nicht!"
Da wünsch ich mir zu diesem Stück
mehr bibelfeste Politik!

> Dann zog ich mit meinen Schafen an der Loreley vorbei.
> Ganz gesittet natürlich – mit niedergeschlagenen Augen.
> Man weiß ja, welche blonden Verführungen da locken.

Die Loreley war, Ei der Daus,
der Zeit wohl viel zu weit voraus,
derweil wir in der Fabel lesen,
sie wäre splitternackt gewesen
und auf den Felsen hochgeflüchtet
vor Scham, auf dass man sie nicht sichtet.

Heut' wär' sie, völlig unbeneidet,
mit langem Haar schon gut gekleidet,
statt sich an hohem Fels zu schmiegen,
nach ganz weit unten abgestiegen,
wo viele auch nicht mehr erfassen,
wofür die Schafe Wolle lassen.

Im Schloss Marienfels – Ihr kennt's –
kriegt Loreley bald Konkurrenz,
wenn Thomas Gottschalk unbefristet
sich oben fürstlich eingenistet.
Wird nicht beim Anblick seiner Locken
bald auf dem Rhein die Schifffahrt stocken?
Gleich denkt man an die Loreley:
Ging schon bei ihr manch' Schiff entzwei,
dann wird man auch bei Gottschalk nass,
bis auf die Socken – Wetten, dass?

In Koblenz dann am Deutschen Eck,
da wollt' die Herde kaum noch weg,
weil an dem Reiterstandbild klar
und deutlich doch zu lesen war:
„Lieber Wilhelm, steig hernieder,
regiere deine Preußen wieder
und lass' in diesen schweren Zeiten
doch lieber Gerhard Schröder reiten."

In Bonn ließ ich die Hämmel springen,
weil man's noch kennt vom Hammelsprung,
und ließ in meinem Herzen klingen
viel freudige Erinnerung.
Wer dieses Wort wohl hat erfunden?
Es ist ein Unwort, wie ich find'.
Denn wer möcht' damit schon bekunden,
dass Volksvertreter Hämmel sind?!

Dennoch sollte ich manchen von ihnen meinen Hirtenmantel empfehlen, denn er schützt bei Wind und Wetter und ist sehr verlässlich. Jene aber hängen ihr Mäntelchen oft schon andersherum, bevor der Wind überhaupt gedreht hat.
Und ich vermute, dass bei denen, die ihre Schäfchen schnell ins Trockene bringen, sich die Tierliebe auf ihre eigenen Mäuse beschränkt.

Als meine Herde Köln erreichte,
da dachte ich an manches Leichte,
was dort in bunter Narrenwelt
als Bütten-Blüte dargestellt.
Da blökt bei mir fast jedes Schaf
ein unvermeidbar „Kölle Alaaf".

Sieht man zu manchem Narren hin,
hat man den Eindruck, dass für ihn
das Königstrio, das geehrte
und in Colonia hochverehrte,
statt Kaspar, Melchior, Balthasar
nur Jungfrau, Prinz und Bauer war.
Doch lasst Euch nicht die Freude rauben,
steht auch am Rhein stets fest im Glauben,
denn „Dat is prima – viva Colonia!"

Apropos Köln.
Sie wissen doch, warum in Köln der mächtigste von uns Hirten wohnt?
Das ist nämlich so:
Wenn zum Beispiel die Limburger Herde mit ihrem Hirten vorbeizieht, dann rufen die Menschen zur Begrüßung:
„Hallo, Franz, einen schönen Tag noch!"
Wenn der Aachener Hirte vorbeikommt, dann heißt's:
„Na, Heinrich, wirklich schwere Zeiten: Kopf hoch – Ihr schafft das schon."
Wenn aber der Kölner Hirte vorbeigeht, hört man nur ein Flüstern: „Allmächtiger!"

Am Ruhrgebiet – zum Haareraufen –
wär' mir die Herde fast entlaufen.
Sie wollte auch einmal in Maßen
auf Bundesliga-Rasen grasen,
obwohl beheiztes Gras im Magen
die Tiere gar nicht gut vertragen.

Dadurch will man nur den Vereinen,
die dicke Schuldentränen weinen,
das immer teure Mähen sparen,
damit sie noch in vielen Jahren
sich weiter Brot und Spiele gönnen
und teure Sklaven halten können.

So viel – ich will nicht weiter wettern –
zu der Gesellschaft Fußball-Göttern.
Ich wünsche stets der Mainzer Riege,
dass hier das Leder siegreich fliege!
Den Aachenern wünsch' ich das Gleiche,
damit's zum Aufstieg auch mal reiche.

> Als letzte Station vor Aachen habe ich die Schafe durch Kerpen getrieben.
> Kerpen hat ja einen bedeutenden Sohn, den jeder kennt.
> Richtig – – Adolph Kolping, der Begründer katholischer Gesellenvereine.
> Geradezu tröstlich für uns heute, dass Kolping vor seiner Priesterweihe – Schuhmacher war!!

Auch Schumi hat ein großes Herz
und linderte manch' Not und Schmerz
mit dem, was er gewann zumal
mit Bleifuß auf dem Gaspedal.

Als roter Blitz auf dicken Reifen
kann er nach allen Kränzen greifen,
weshalb um diesen, wie man sieht,
oft ziemlich dicker Weihrauch zieht.

Wenn junge und auch alte Pärchen
demnächst auch noch im Maialtärchen

umrahmt von Kerzen mit Entzücken
das süße Bild von Schumi schmücken,
zieh' mit den Schafen ich per pedes
in Zukunft nur noch zu Mercedes.

So hab ich mich mit ganzer Kraft
hierher nach Aachen durchgeschafft,
der Stadt, die gerne ich beschriebe
als Zentrum unsrer Nächstenliebe,

denn hier erwecken früh bis spät
Hilfswerke Solidarität
und lindern mit viel Spendengeld
die große Not in aller Welt.

Besonders haben wir im Ohr
Missio und auch Misereor.
Und Kinder folgen jährlich gern
zu Dreikönig Jesu Stern.

Froh komm' ich darum zur Visite
in die Stadt. – Europas Mitte
liegt mit Karl, dem Reichsgestalter,
hier im Dom von hohem Alter.
Und der Karlspreis ging vom Dom
zu Papst Karol schon nach Rom.
Es scheint, die Stadt liebt diesen Namen
„Karl". Und das gefällt mir. Amen.

Ich seh', nachdem ihr mich gerichtet,
stets heilsamem Humor verpflichtet
und trag den Orden stolz nach Haus.
Jedoch im Dom zieh ich ihn aus,
sonst will das Kirchenvolk in Ehren
als Predigt diesen Vortrag hören.

Bleibt alle froh und kerngesund!
Habt stets ein Lachen auf dem Mund.
Bleib' jeder mir ein treues Schaf.
In diesem Sinn: „Oche Alaaf!"

Christine Lieberknecht

Die Thüringer Ministerpräsidentin wurde am 7. Mai 1958 in Weimar geboren. Zunächst arbeitete sie einige Jahre als Pastorin, bevor sie in die Politik ging. Sie ist stellvertretendes Mitglied der Synode der Evangelischen Kirche in Deutschland sowie Mitglied im Kuratorium der EKD zur Vorbereitung des Reformationsjubiläums 2017.

Ich habe Verwandtschaft in der Schweiz und durfte seit 1990 das Land kennenlernen. Dort erzählt man sich folgende wundersame Geschichte von der Erschaffung der Welt:

Schweizer: Lieber Gott, du hast die ganze Welt erschaffen. Ich bin als Letzter übrig und es ist gar kein Platz mehr für mich!
Gott: Nein, ich habe dich nicht vergessen. Sieh hier: Zwischen Italien, Österreich und Deutschland ist noch Platz.
Schweizer: Das ist zu klein und unbedeutend.
Gott: Aber nein, ich falte es auf mit vielen Viertausendern für Bergsteiger und Touristen.
Schweizer: Das reicht nicht!
Gott: Ich schaffe dir noch Seen, in denen sich die Berge spiegeln.

Schweizer: Das reicht nicht!
Gott: Ich gebe dir noch eine Uhr, die jeder in der Welt haben will.
Schweizer: Das reicht nicht!
Gott seufzte: Ich gebe dir Kühe, die aus köstlicher Milch Schweizer Schokolade machen. Hier, koste! Wie schmeckt das?
Schweizer: Wunderbar! Möchtest du auch einen Becher?
Gott: Gern!
Schweizer: Das macht bitte 2 Franken, fünfzig!

Friedhelm Loh

Der Unternehmer kam am 16. August 1946 zur Welt und ist heute Inhaber und Vorsitzender der *Friedhelm Loh Group* und Vizepräsident des Bundesverbands der Deutschen Industrie. Zudem engagiert sich Loh für christliche Projekte wie den *Bibellesebund* oder *Pro-Christ* und ist unter anderem Vorsitzender der Stiftung *Christliche Medien*.

Ein Herz für Kaninchen

Bekannt als sozial engagierter Christ und Unternehmer erhalte ich unendlich viele Anfragen auf finanzielle Unterstützung von Vereinen.
Die Bitte eines Kaninchenvereins ist mir immer in Erinnerung geblieben. Ausführlich wurden die Aktivitäten des Vereins beschrieben. Der Brief endete mit dem Satz:
„Sehr geehrter Herr Loh, denken Sie bitte daran, Gott hat auch die Kaninchen lieb."
Ein netter Versuch, mein Herz für die Kaninchen zu erweichen.

Martin Lohmann

wurde am 14. März 1957 in Bonn geboren. Er ist vielen als katholischer Publizist, Journalist und Fernsehmoderator bekannt. Zudem ist er als Buchautor und seit 2010 als Verlagsleiter des Kölner Kirchenzeitungsverlages J. P. Bachem Medien GmbH tätig sowie als freier Mitarbeiter der Internetzeitungen *KathNews* und *FreieWelt*.

Als Kardinal Höffner bei Johannes Paul II.

Darf man das erzählen? Ja, denn die Zeugen aus der Familie Höffner haben es auch getan. Und so wurde diese ganz besondere Begegnung mit Johannes Paul II. vielen schon bekannt. Der von mir sehr verehrte Kölner Kardinal Joseph Höffner wusste, dass ich ihn in seiner typischen Art des Redens und der Körperhaltung respektvoll imitieren konnte. Schmunzelnd meinte er bei einer seiner letzten Begegnungen zu mir: „Sie haben jetzt wieder Anschauungsunterricht!" Auch Maria, seine ihn ein Leben lang treu begleitende Schwester, hatte immer wieder Freude daran. Erst recht nach seinem Tod exakt elf Jahre nach der Wahl Karol Wojtylas zum Papst.

Meine Frau und ich waren – gemeinsam mit drei Schwestern des Kardinals – am zehnten Todestag zur Frühmesse in die Päpstliche Privatkapelle geladen. Und es war üblich, dass sich der Papst anschließend etwas Zeit für seine Gäste nahm. So auch diesmal. Sein Sekretär, der heutige Krakauer Kardinal, hatte meine Frau und mich direkt neben die Höffner-Schwestern in der Begrüßungslinie postiert. Und da passierte es: Als Johannes Paul II. mit uns gesprochen hatte und „weiterzog", bat mich Frau Maria Höffner ebenso charmant wie eindringlich: „Machen Sie mir jetzt doch mal den Bruder!" Ich lehnte ab, verwies auf den Apostolischen Palast als besonderen Ort und erst recht auf den anwesenden Petrusnachfolger. Vergeblich. Mehrere Bitten – und der Rheinländer an sich wird schwach.

Also begann ich, auf „meine liebe Schwester Maria" einzureden, sah drei strahlende Augenpaare – bis, ja bis die Augen urplötzlich von mir abließen und an mir vorbei gezielt auf jemand anderen schauten. Ich ahnte es, stoppte meine Vorführung, blickte nach rechts, verneigte mich zum Heiligen Vater hin und sagte: „Pardon, Heiliger Vater." Dieser kam einen weiteren Schritt auf mich zu und erwiderte: „Ah, ja, Kardinal Höffner. Gut. Sehr gut!" Und der katholische Rheinländer in mir? Er war sofort wieder wach und sprach als „Kardinal Höffner" zu Johannes Paul II. Als dieser „Kardinal" dann etwas aus dem Konklave zur Wahl von Johannes Paul II. erwähnte, bekam er sogar Antwort in Form einer Bestätigung: „Ja, ja, das stimmt!", sagte der apostolische „Gesprächspartner". Die überbrachten „Grüße von Petrus" und die Komplimente aus dem himmlischen Jerusalem nahm der Papst mit einem frohen Schmunzeln entgegen. Als Dank bekam der aufgetretene „Kardinal" schließlich einen Applaus des Pontifex, der ja bekanntlich etwas von Schauspielerei verstand.

Wahnsinn, oder? Oder einfach nur total normal. Johannes Paul II. nahm sich Zeit, zeigte Humor und war schlichtweg nur stark. Ein großer Mensch mit einem großen Herzen. Nicht nur mir hat sich diese ganz besondere Begegnung Wort für Wort und Geste für Geste ins Gedächtnis eingebrannt. Und ich bin sicher, dass da auch im Himmel jemand richtig geschmunzelt hat bei diesem Gespräch zwischen Himmel und Erde. Ich bin jedenfalls für dieses Geschenk sehr dankbar – auch wenn ich nachträglich weiche Knie bekommen habe. Und die Schwestern des Kardinals? Sie waren mehr als glücklich, allen voran Maria, die mich zu dieser Keckheit im Apostolischen Palast „verführt" hatte.

Andreas Malessa

Der Hörfunk- und Fernsehjournalist der ARD wurde 1955 geboren. Er ist Pastor im Bund Evangelisch-Freikirchlicher Gemeinden und veröffentlichte mehrere Bücher und satirische Kurzgeschichten. Er wurde besonders durch seine Fernsehsendungen *Um Himmels Willen* und *Paternoster* bekannt.

Vergebliche Suche

Wir lesen: „Gott schuf die Frau aus der Rippe des Mannes."
Wir fragen: „Warum nur aus der Rippe und nicht auch ein bisschen Hirn?!"
Wir erleben: Gott wollte ja gern. Aber er fand keins!

Horst Marquardt

Der Journalist und Autor, geboren 1929, war von 1960 bis 1993 Leiter des Evangeliums-Rundfunks in Wetzlar. 1970 gründete er die Evangelische Nachrichtenagentur *idea e.V.*, deren Vorsitzender er bis heute ist. Bekannt wurde er auch als Sprecher der ARD-Fernsehsendung *Das Wort zum Sonntag*.

Immer wieder sonntags

Ein junger Mönch soll predigen. Von der Kanzel fragt er seine Brüder: „Wisst ihr, was ich sagen soll?" „Nein!" „Dann weiß ich es auch nicht", sagt der Mönch. Sein Abt ist nicht zufrieden. Die Mitbrüder ahnen, was kommt, und verabreden sich. Als der Mönch auf der Kanzel steht und fragt: „Wisst ihr, was ich sagen soll?", rufen sie: „Ja!" – „Dann ist es ja gut", dann muss ich es euch nicht sagen." Der Abt ist sehr unzufrieden und fordert ihn zu einem dritten Anlauf auf. Wieder verabreden sich die Brüder, und als der Mönch von der Kanzel fragt und dabei den Kopf nach rechts wendet: „Wisst ihr, was ich sagen soll?", antworten rechts alle: „Nein!" Der Mönch dreht den Kopf nach links und fragt: „Wisst ihr, was ich sagen soll?" Alles ruft: „Ja!" – „Dann sagt es denen, die es nicht wissen!"

Manfred Melzer

Der Weihbischof des Erzbistums Köln erblickte am 28. Februar 1944 das Licht der Welt. 1984 zum Kaplan seiner Heiligkeit und 1995 zum Bischof ernannt, ist Weihbischof Melzer heute Mitglied der Pastoralkommission und der Kommission Weltkirche und wurde 2006 zum Beauftragten für die katholische Polizeiseelsorge gewählt.

„Lavabo" einmal anders

Bei einem Lavabo, zu dem auch ein Bischof gerne eingeladen wird, ist der übliche Verlauf: Gottesdienst in der Hauskapelle – Festakt mit Musik und Reden in hierarchischer Reihenfolge und Dauer – geselliges Beisammensein. Als endlich der dritte Teil der Veranstaltung nahte, tauchte leisen Schrittes die Bedienung auf und versuchte mit verhaltener Stimme die Getränkewünsche der Gesellschaft zu erkunden. Unser Tisch war mit sechs Personen voll besetzt. Fünf raunten vorsichtig, aber bestimmt, dass ihnen der Sinn nach einem Bier stehe. Die Bedienung notierte dies kopfnickend und wohl zufrieden. Als Letzer wurde der Stadtdekan gefragt. Antwort: „Nein, ich nehme ein Wasser." Kellnerin: „Ein Wasser?" Gast: „Ja, ein Wasser!" Antwort: „Nun ja, dann bringe ich Seife und Handtuch etwas später."

Christoph Morgner

wurde 1943 in Zwickau geboren. Von 1989 bis 2009 war er Präses des *Evangelischen Gnadauer Gemeinschaftsverbandes*, der Dachorganisation der Gemeinschaftsbewegung in Deutschland, Österreich und Niederlande. Er gehört u. a. zum Hauptvorstand der *Deutschen Evangelischen Allianz* und zur Jury des Predigtpreises der deutschen Wirtschaft.

Ein wenig Aufheiterung

Seit langem besucht der Pfarrer einen Mann, der zur Schwermut neigt. Gerne möchte er ihn ein wenig ermuntern und aufheitern. Doch das ist leichter gesagt als getan. Bibelworte und Gesangbuchverse wollen nicht recht wirken. Eines Tages kommt der Pfarrer auf eine Idee. Er nimmt dem Mann ein Buch mit Bildergeschichten des humoristischen Schriftstellers Wilhelm Busch mit. „Die werden sicherlich sein Gemüt aufheitern!"

Nach einiger Zeit kommt der Pfarrer wieder vorbei. „Na, hat Ihnen das Buch gefallen?" „O ja", antwortet der Mann, „sehr gut sogar! Aber wenn ich nicht gewusst hätte, Herr Pfarrer, dass von Ihnen das Wort Gottes kommt, hätte ich an manchen Stellen laut lachen müssen!"

Dank sei Gott!

Gottesdienst. Die Predigt zieht sich langatmig hin wie Gummi. Da tönt es aus der letzten Bankreihe: „Lauter!" Nach dem dritten Zwischenruf dieser Art dreht sich ein Zuhörer um und fragt: „Können Sie den Pfarrer nicht verstehen?" – „Nein" – „Dann danken Sie Gott und verhalten sich ruhig!"

Kein Wunder

In einer Pfingstgemeinde verabschiedet der Pastor seine Gemeindeglieder an der Kirchentür. Eine Frau verabschiedet sich: „Jetzt kann ich wieder laufen!" Das entzückt den Pastor, und er ruft begeistert in den Kirchenraum hinein: „Was sind wir für eine gesegnete Gemeinde! Wieder ein Wunder bei uns: Eine Frau kann wieder laufen! Halleluja!" Doch die Frau am Ausgang kühlt den Pastor ab: „Von wegen Wunder! Sie haben zu lange gepredigt. Deshalb habe ich den Bus verpasst. Nun kann ich wieder laufen."

Wunibald Müller

Der katholische Theologe, Schriftsteller und Psychotherapeut wurde am 21. September 1950 in Buchen (Odenwald) geboren. Seit 1991 ist er Leiter des Recollectio-Hauses der Benediktinerabtei Münsterschwarzach, der einzigen Therapieeinrichtung für Priester mit psychosexuellen Problemen in Deutschland.

Begegnungen

April 2003 im Vatikan. Ich nehme an einer internationalen Konferenz teil. Beim Abendessen treffe ich auf den damaligen Chef der Glaubenskongregation Kardinal Joseph Ratzinger. Er begrüßt mich mit den Worten, dabei etwas schelmisch lächelnd: „Wir treffen uns ja heute zum ersten Mal, aber ich habe alle Ihre Bücher gelesen." Ich antworte ihm darauf: „Sie haben ganz sicher nicht alle meine Bücher gelesen, aber einige bestimmt." Tatsächlich hatte er in den vergangenen Jahren einige Vorbehalte gegenüber einigen meiner Veröffentlichungen geäußert. „Auch", so fuhr ich fort, „sind wir uns vor 30 Jahren in Israel schon einmal begegnet." Ich erwähnte eine kleine Begebenheit, die mich damals sehr beeindruckte. Vor der Kirche in Kana verkaufte ein Junge Blümchen. Viele gingen an ihm vorbei.

Joseph Ratzinger aber beugte sich zu dem Jungen hinunter, kaufte ihm ein Blümchen ab und steckte es in sein Sakkorevers. Als ich ihm diese Begebenheit erzählt hatte, erinnerte er sich sofort daran und meinte, er habe dieses Blümchen für eine lange Zeit in seinem Brevier aufbewahrt. Das Eis zwischen uns war gebrochen, und wir konnten bei Pizza und Rotwein ein ganz gutes Gespräch miteinander führen.

Heinrich Mussinghoff

Seit 1995 ist er, geboren 1940 in Osterwick, Bischof von Aachen. Wichtig sind ihm an seiner Arbeit die Begegnung und das direkte Gespräch mit den Menschen. Er wurde mehrfach zum Mitglied des Obersten Gerichtshofes der Apostolischen Signatur in Rom berufen und ist seit 1999 stellvertretender Vorsitzender der Deutschen Bischofskonferenz.

Gut gekontert

Ein Kind fragt Bischof Klaus Hemmerle: „Warum hast du eine so lange Nase?" Der Bischof antwortet schlagfertig: „ Ein Bischof muss anderen Leuten immer eine Nasenlänge voraus sein."

Ulrich Neymeyr

wurde am 12. August 1957 in Worms-Herrnsheim geboren. Seit 2003 ist er Weihbischof in Mainz und unter anderem als Bischofsvikar für die Jugendseelsorge und als Vizepräsident der *Gesellschaft für mittelrheinische Kirchengeschichte* für das Bistum Mainz tätig.

Gut gemeint

Ein Pfarrer begeht sein Goldenes Priesterjubiläum. Bei der Feier nach dem Festgottesdienst werden viele fromme Grußworte gesprochen. Auch der Bürgermeister möchte nicht zurückstehen. Da er in religiösen Dingen nicht bewandert ist, beschreibt er allgemein die Verdienste des Pfarrers und schließt mit der frommen Bemerkung: „Möge der liebe Gott für Sie beten!"

Reinhard Pappenberger

wurde am 30. Juni 1958 in Grafenwöhr geboren und ist seit 2003 Domkapitular in Regensburg. 2007 wurde er zum Titularbischof von *Aptuca* und zum Weihbischof in Regensburg ernannt. Er ist Mitglied der Kommissionen der Deutschen Bischofskonferenz für Liturgie sowie für Ehe und Familie.

Kleine Frage – große Wirkung

Kinder begegnen einem Bischof sehr früh im Leben. Um den 6. Dezember stehen sie mit großen Augen, vorsichtig oder neugierig vor der Gestalt des Nikolaus'. Sie kennen die spannenden Geschichten aus dem Leben des gütigen und menschenfreundlichen Heiligen. Sie wissen auch um den Brauch des „Nachspielens".

Wenn diese Kinder dann einem Bischof beim Pfarrbesuch anlässlich der Firmung oder eines Jubiläums vor sich haben, kann Folgendes geschehen: Das Begrüßungslied ist aus voller Kehle erklungen, ein Gedicht zaghaft vorgetragen, da tritt einer – vor Gebet und Einzelsegen – forsch auf mich zu, zupft mich am Messgewand, mustert mich von oben bis unten, und fragt zur allgemeinen Erheiterung: „Bist du echt?"

Joachim Reinelt

wurde am 21. Oktober 1936 in Neurode (Schlesien) geboren. Seit 1988 ist er Bischof der Diözese Dresden-Meißen. In der Deutschen Bischofskonferenz ist er stellvertretender Vorsitzender der Kommission für gesellschaftliche und soziale Fragen sowie Vorsitzender der Kommission für caritative Fragen.

Kluger Kindermund

Als ich mit meinem Trabbi Kinder aus den Dörfern des Erzgebirges zum Religionsunterricht holte, testete ich das Wissen aus der vergangenen Stunde: „Wo ist Jesus geboren?" Langes Schweigen. Dann eine Stimme von hinten: „Ach ich weiß, in der Frauenklinik ..."

Henning Scherf

ist Jurist und SPD-Politiker. Er erblickte am 31. Oktober 1938 in Bremen das Licht der Welt. Von 1995 bis 2005 war Scherf Bürgermeister und Präsident des Senats der Freien Hansestadt Bremen und zudem von 1978 bis 2005 Mitglied der Landesregierung. Seit 2005 ist er Präsident des Deutschen Chorverbands.

Vom Juden auf der einsamen Insel

Nach jahrzehntelanger Einsamkeit erreicht ein Schiff einen alten Juden auf einem Atoll. Er zeigt den Rettern, dass er zwei Synagogen gebaut hat. „Warum zwei?", fragen sie. – „Weil ich eine brauche, in die ich nicht reingehe", antwortet der Jude.

Manfred Scheuer

wurde am 10. August 1955 in Haibach (Oberösterreich) geboren. Seit 2003 ist er Bischof der Diözese Innsbruck. In der Österreichischen Bischofskonferenz ist er für die Bereiche Caritas, Erwachsenenbildung und Ökumene verantwortlich. Zudem steht er der Friedensbewegung *Pax Christi* in Österreich als Präsident vor.

„Was tust du den ganzen Tag?"

So fragte mich ein neunjähriger Schüler bei einem Besuch in einer Volksschule. Als ich ihm dann erzählte, was ich am Vortag so alles gemacht hatte (Besuche bei Alten und Kranken, Begegnungen im Kindergarten und in der Schule, Interviews mit Medienleuten, Gottesdienst und Gebet), kam die nächste Frage:
„Arbeitest du auch etwas?"
Es war nicht ganz leicht zu erklären, dass auch Seelsorge, Unterricht, Predigt, Gespräche und Sitzungen Arbeit sein können und müde machen. Weil das vermutlich nicht so überzeugend war, stellte der Schüler die dritte Frage:
„Wozu ist das Ganze gut?"
Ich wollte schon sagen, dass ich mich das auch manchmal frage, denn pastorales Tun ist darstel-

lendes, nicht produzierendes Handeln. Dann fiel mir ein: „Ich möchte dafür gut sein, dass Jesus mehr bekannt und geliebt wird."

Lutz Scheufler

wurde 1960 in Karl-Marx-Stadt (heute Chemnitz) geboren und erlernte zunächst den Beruf des Elektromaschinenbauers, ehe er sich für das Studium der Religionspädagogik entschied. Er ist vor allem als Evangelist und Musiker bekannt, aber auch als Autor und Radiosprecher der Sendung *Nachgedacht*.

Erpressungsversuch

In der Kirche ist die Weihnachtskrippe aufgebaut. Es fehlt aber der Joseph. Die Küsterin ist schockiert, kann sich jedoch erst später darum kümmern, weil gleich der Gottesdienst zum vierten Advent beginnt. Nach dem Gottesdienst kommt sie wieder an der Krippe vorbei und sieht, dass jetzt auch noch die Maria fehlt. Sie holt den Pfarrer. Als er kommt, entdeckt er in der Krippe einen kleinen Zettel. In Kinderschrift steht darauf: „So Jesus, dass du klar siehst: Wenn ich das blaue Fahrrad zu Weihnachten nicht kriege, siehst du deine Eltern nie wieder."

Kirschenklau

Im Garten des Pfarrers steht ein schöner Kirschbaum mit noch schöneren Kirschen. Weil jedes Jahr die Kinder seine Kirschen klauen, hängt der Pfarrer ein Schild an den Baum. Auf das Schild hat er mit großen Buchstaben geschrieben: „Gott sieht alles." Am nächsten Tag sieht er seinen gerupften Baum und unter seinem Schild steht mit Kinderhand geschrieben: „Aber er verrät uns nicht."

Friedrich Schorlemmer

Der evangelische Theologe, Publizist und Bürgerrechtler erblickte am 16. Mai 1944 in Wittenberge das Licht der Welt. Er war Mitbegründer des Demokratischen Aufbruchs in Dresden im August 1989 und ist als Mitglied der deutschen UNESCO-Kommission, des BUND für Umwelt und Naturschutz Deutschland sowie der SPD weiterhin politisch aktiv.

Rangelei im Theater

Im Herbst 1982 besuchten wir mit Kollegen aus dem Westen Oper und Schauspiel in Berlin. Ich hatte die Karten zu verteilen und vergab irrtümlich zu Mozarts „Entführung" etwa sechs Karten, die so ähnlich ausgesehen hatten wie Gorkis „Kinder der Sonne" im Deutschen Theater. Zwei Karten hatten mir junge Französinnen abgekauft. Im Theater gab es heftige Rangeleien zwischen „richtigen und falschen" Kartenbesitzern. Die beiden Französinnen stürmten wütend auf mich zu, und ich verließ fluchtartig die Staatsoper und hatte Mühe, die wunderbare Inszenierung der „Kinder der Sonne" zu sehen. Im Übrigen ein vorweggenommener Abschied vom „real existierenden Sozialismus".

Jörg Swoboda

wurde am 5. Januar 1947 in Berlin geboren. Von 2000 bis 2006 war er Mitglied im Hauptvorstand der *Deutschen Evangelischen Allianz*. Zudem ist er Gründungs- und Vorstandsmitglied von *ProChrist* und seit 2008 Mitglied der Deutschen Evangelistenkonferenz. Er zählt zu den bekanntesten christlichen Liedermachern Deutschlands und ist nebenbei als Autor und Herausgeber tätig.

Erlösung

Mama meckert. Und zwar ziemlich. Das hat mit Florian zu tun, aber auch nur ein bisschen. Und das merkt Florian, je länger Mama schimpft. Schließlich ist er schon neunzehn. Hier kann er nur gegenhalten oder – ja, oder was?
Er schaut Mama freundlich an und sagt: „Ich habe dich auch lieb."
Wie erlöst lacht Mama auf. Sie umarmen sich.

Ich bin doch nicht verrückt!

Es ist Hochsommer und brütende Hitze, alle Türen unserer Wohnung stehen offen, jeder Luftzug ist willkommen. Im Herrnhuter Losungsbüchlein steht heute in der Tageslese das Jesus-Zitat: „Seid listig wie die Schlangen und ohne Falsch wie die Tauben." Ich schlage einen Bibelkommentar auf und lese mir die Erklärung dazu durch. Das Buch lasse ich aufgeschlagen auf dem Schreibtisch liegen, um später noch einmal nachlesen zu können, und verlasse mein Arbeitszimmer.

Als ich wenig später zurückkomme, traue ich meinen Augen nicht. Auf dem aufgeschlagenen Buch sitzt eine Taube. Ist das die Hitze? Ich bin doch nicht verrückt! Ich kneife die Augen zusammen und reibe sie mir. Als ich sie wieder aufschlage, sehe ich dasselbe wie eben: eine Taube auf dem Buch in meinem Arbeitszimmer. Das kann es eigentlich gar nicht geben, ist aber so.

Jetzt brauche ich einen Zeugen für meine geistige Gesundheit. Ich habe doch keine Halluzinationen, jedenfalls bisher noch keine gehabt! Ich rufe laut nach meiner Frau: „Inge, Inge, komm doch bitte mal schnell her!"

Sie ist meine Zeugin und witzelt, dass ich mit einer Taube ja noch ganz gut bedient sei. Eine Schlange wäre nicht ganz so angenehm gewesen.

Die Taube flattert auf die Rückenlehne meines Schreibtischsessels.

Ich löse das Fliegengitter am Fenster und komplimentiere sie mit fuchtelnden Händen hinaus.

Natürlich habe ich mich nach der Botschaft dieses seltsamen Besuchs gefragt. Auch wenn ich bis heute darüber ergebnislos grüble, eines war mir gleich klar: Ich werde Türen und Fenster geschlossen halten, wenn in der Tageslese irgendwann die Geschichte von Daniel in der Löwengrube kommt.

Werner Thissen

wurde 1999 zum Weihbischof von Münster geweiht und 2003 zum Erzbischof des Erzbistums Hamburg. Des Weiteren ist er als Vorsitzender der Unterkommission *Misereor* bei der Deutschen Bischofskonferenz und als Metropolit der Norddeutschen Kirchenprovinz tätig. Geboren wurde er am 3. Dezember 1938 in Kleve.

Folgender Witz gefällt mir besonders gut. Er sagt mir: Du musst den Weg mitgehen, von dem du willst, dass Gott dich darauf führt:

Zehn Jahre lang betet Werner jeden Samstag: „Lieber Gott, lass mich doch bitte diesmal in der Lotterie gewinnen." Immer vergeblich. Als er es eines Tages wieder versucht, ist plötzlich sein Zimmer in strahlende Helligkeit getaucht, und eine tiefe Stimme ruft verzweifelt: „Werner, gib mir doch eine Chance. Kauf dir um Himmels willen endlich ein Los."

Bernhard Venzke OP

geboren 1959, wurde 1988 zum Priester geweiht. Von 2005 bis 2007 war er Kreuzfahrtseelsorger auf verschiedenen Kreuzfahrtschiffen. Seit 2007 ist er Pfarrer und Supprior des Dominikaner-Konventes Sankt Albert in Leipzig.

Warum ich Hundeleckerlis zur Krankenkommunion mitnehme

Frau Burkard ist eine liebenswerte, gar nicht mal so alte Person. Sie ist recht krank und so besuche ich sie einmal im Monat zur Krankenkommunion. Seit geraumer Zeit nehme ich auch immer eine Packung Hundeleckerli mit. Und das hat seinen Grund.
Frau Burkard hat nämlich Hunde – genauer genommen v i e r Hunde. Lustige kleine und große Gesellen, die sich inzwischen schon auf mich freuen, wie auf den Briefträger ...
Bei den ersten Malen war es nämlich so, dass bei der Stelle „Sieh das Lamm Gottes, das hinwegnimmt die Sünde der Welt ..." sich offensichtlich auch die lieben Vierbeiner angesprochen fühlten. Und so richteten sich dem Leib des Herrn nicht nur das Gesicht der Angesprochenen und das meinige,

sondern auch immer vier Hundeschnauzen und acht recht gierige Hundeaugen zu.
Nun bin ich relativ sicher, dass es keine Hundekommunion gibt. Und ich hatte auch keine Angst, mich dieser lieben Vierbeiner zu erwehren und den Herrn vor ihnen zu schützen. Aber irgendetwas musste ich mir einfallen lassen. Denn man weiß ja nie, was in so einem Hund vorgeht, wenn er etwas offensichtlich Essbares so dicht vor Augen und Schnauze hat. Wie schnell kann da der Instinkt die Erziehung besiegen. Und ich hatte auch nicht das Bedürfnis, eine welterste Hunde-Kommunion zu feiern. Ich bin mir auch nicht so sicher, was der Bischof dazu sagen würde.
Also, Leckerli.
Und nun kommt es zu einem – zugegeben nicht ganz liturgischen – Einschub, nämlich das Umherwerfen von Leckerlis im Wohnzimmer, bevor ich sage: „Sieh das Lamm Gottes ..."
Die Wauwis sind beschäftigt und wir können in aller Ruhe die Krankenkommunion feiern.
Und wer weiß, vielleicht bekomme ich die lieben Vierbeiner irgendwann noch einmal dazu, das Vaterunser wenigstens mitzubellen ...

Bernhard Vogel

Der ehemalige Ministerpräsident von Rheinland-Pfalz und Thüringen sowie Präsident des Zentralkomitees der deutschen Katholiken kam am 19. Dezember 1932 in Göttingen zur Welt. Seit 1989 ist er – mit kurzer Unterbrechung – als Vorstand der Konrad-Adenauer-Stiftung tätig, seit 2010 als Ehrenvorsitzender derselben. Bereits 1983 wurde ihm der *Orden wider den tierischen Ernst* verliehen.

Versprecher bei Laudatio

Als Kardinal Benelli mir im Hause von Kardinal Volk in Mainz das Großkreuz des Gregoriusordens verleihen wollte, begann er seine kleine Laudatio mit dem Satz: „Hochverehrter Herr Kardinal Vogel, sehr verehrter Herr Minister Volk."

Vogel überall

Bei seinem ersten Deutschlandbesuch wurde Papst Johannes Paul II. am Flughafen in Köln/Bonn unter anderem vom damaligen Bundesjustizminister, meinem Bruder, verabschiedet. Bei seiner Landung in Mainz hatte ich ihn als rheinland-pfälzischer Ministerpräsident zu begrüßen. Johannes Paul schritt die Gangway herunter und rief: „Schon wieder Vogel!"

Hans-Jochen Vogel

wurde am 3. Februar 1926 in Göttingen geboren. Er war Oberbürgermeister und regierender Bürgermeister von Berlin, Bundesminister für Bauwesen, Raumordnung und Städtebau sowie Bundesjustizminister. Er ist Gründungsvorsitzender der 1993 ins Leben gerufenen Initiative *Gegen Vergessen – Für Demokratie* und war Mitglied im Nationalen Ethikrat.

Der Mantel der Geschichte

Im Juli 1984 saß ich in München – dort fand ein Katholikentag statt – bei einem Mittagessen zusammen mit Kardinal Macharski, dem Nachfolger des Papstes als Erzbischof von Krakau. Als die Tafel aufgehoben wurde, half ich ihm in den Mantel. „Wissen Sie, dass dies der Mantel von Karol Wojtyla ist?“, fragte er mich dabei. „Er hat ihn mir als seinem Nachfolger überlassen.“ So hat mich die Gestalt des Papstes, der mich wiederholt zu Privataudienzen empfing, nicht nur der sprichwörtliche Mantel der Geschichte berührt. Ich habe zudem auch noch einen seiner wirklichen Mäntel in den Händen gehalten.

Pater Karl Wallner OCist

wurde am 24. Februar 1963 in Wien geboren. Er ist Gründungsrektor der Phil.-Theol. Hochschule Benedikt XVI. Heiligenkreuz sowie Jugendseelsorger und Verantwortlicher für die Öffentlichkeitsarbeit im Stift Heiligenkreuz. Der Theologieprofessor ist erfolgreicher Autor zahlreicher Publikationen.

Hände hoch!

Pater Cornelius Steffek starb 2008 im Alter von 99 Jahren. Er ist bei uns im Stift Heiligenkreuz eine Legende, weil er 1945 unter den Nazis in der Todeszelle saß und nur deshalb nicht hingerichtet wurde, weil das Schafott bereits vor den herannahenden Befreiern nach Linz abtransportiert worden war. Am Ende seines Lebens sorgte er durch seine Schwerhörigkeit für zahlreiche humorvolle Begebenheiten. Pater Cornelius zelebrierte noch im Alter von über 90 Jahren würdig und feierlich die klösterliche Konventmesse. Freilich ließ manchmal schon das Gedächtnis ein wenig nach, sodass er „hängen" blieb. Am 28. November 1998 eröffnet er die Präfation: „Der Herr sei mit euch!" – „Und mit deinem Geiste!" Dann geht es nicht weiter. Er sucht den Text. Schweigen. Das Stocken wird immer länger. Der Abt und die umstehenden Konzelebranten flüstern ihm zu: „Erhebet die Herzen!" Immer noch nichts. Ringen mit Worten. Das Zuflüstern wird immer stärker. Schließlich geht ein Ruck durch Pater Cornelius: „Ach so!" Und er schießt im Befehlston los: „Erhebet die Hände!" Dieser Aufforderung sind wir wegen der nun ausgebrochenen Heiterkeit nicht nachgekommen.

Kaffee mit Otto von Freising

Pater Cornelius war als Sohn eines altösterreichischen Offiziers zeit seines Lebens ein Anhänger des österreichischen Kaiserhauses. Er empfand es als hohe Auszeichnung, dass Otto von Habsburg bei einem seiner Besuche im Stift Heiligenkreuz ihn sogar in seinem Zimmer zum Kaffee besuchte. Wenige Tage später waren zwei Mitbrüder im Stiftshof Zeugen folgender Begebenheit: Der damals rüstige, aber schon stark schwerhörige Pater Cornelius wurde im äußeren Stiftshof von einer wissbegierigen deutschen Touristin angesprochen: „Herr Pater, darf ich Sie etwas fragen: Ist das hier das Kloster, in dem Otto von Freising begraben ist." Der selige Otto von Freising ist der Sohn unseres Stifters Leopold III., er starb 1158; seine Reliquien befinden sich tatsächlich bei uns in Heiligenkreuz. Freilich hatte der schwerhörige Pater Cornelius offensichtlich Otto von Habsburg verstanden, sodass er zur Antwort gab: „Aber natürlich kenne ich ihn, er war vor kurzem erst zu Besuch bei mir. Er ist ein wundervoller Mensch. Wir haben miteinander Kaffee getrunken." Die Dame erblasste: „Aber ich meine Otto von Freising, der schon verstorben ist." Pater Cornelius: „Nein, er ist ganz gesund. Glauben Sie mir, es geht ihm ausgezeichnet. Wir haben uns lange unterhalten und über die Vergangenheit geplaudert." Sprach's und eilte davon. Die Dame blieb erstarrt und mit offenem Mund zurück. Auch die beiden Mitbrüder, die die Szene belauscht hatten, suchten schleunigst das Weite, weil sie sich vor Lachen nicht mehr halten konnten.

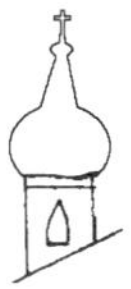

Friedrich Weber

geboren 1949, ist seit 2002 Landesbischof der Evangelisch-lutherischen Landeskirche in Braunschweig. Zudem ist er Vorsitzender der Arbeitsgemeinschaft Christlicher Kirchen in Deutschland und engagiert sich als Co-Vorsitzender der *Meißen-Kommission* für die Beziehung zwischen der Evangelischen Kirche in Deutschland und der Church of England.

Schmunzeln bei der Beisetzung

Traurig war der Anlass, aber ein wenig lächeln – nach innen nur – musste ich doch. Ein Mitglied des Hühnerzuchtvereins war nachts unglücklich die Treppe in seinem Haus hinabgestürzt. Keine Rettungsbemühungen halfen, und nun galt es, ihn christlich zu bestatten. Der Sarg war versenkt, ich hatte die Bestattungsliturgie bis zur Aussegnung gesprochen, und nun trat der Vorsitzende des Hühnerzuchtvereins ans offene Grab. Nach ausführlicher Würdigung kam der entscheidende Schlusssatz, der letzte Gruß an den Verstorbenen, mit deutlich erhobener Stimme ausgesprochen: „Gut Zucht auch weiterhin!" Wie gesagt, ein wenig musste ich lächeln, als mir der Gedanke kam: War das jetzt schon ein Ausblick in die kommende neue Welt?!

Während einer anderen Beisetzung – so erzählte mir mein Vorgänger im Pfarramt an der Nordseeküste – regnete es ohne Ende. Der Pfarrer sprach am Rand des Grabes die Aussegnung, kam ins Rutschen und konnte sich nur mit einem kühnen Sprung übers Grab auf die sichere andere Seite retten. Er soll Monate später – allen Ernstes – gefragt worden sein, ob er diesen liturgischen Sprung nicht bei einer anstehenden Beisetzung wiederholen könne.

Andi Weiss

geboren 1977 in Mühldorf am Inn, ist Liedermacher, Autor und Moderator. Neben seiner freiberuflichen Tätigkeit ist er Diakon einer evangelischen Kirchengemeinde in München und unterstützt die Stiftung *Opportunity International*, die sich für die Armutsbekämpfung weltweit einsetzt. Mehr Informationen unter www.andi-weiss.de.

Priester im Urlaub

Zwei Priester brauchen dringend Urlaub und beschließen, auf eine ferne, einsame Insel zu fliegen, um dort Urlaub zu machen. Um wirklich einmal so richtig entspannen zu können, lassen sie alle Kleidungsstücke zuhause, an denen man sie als Geistliche erkennen könnte.

Im Urlaubsparadies angekommen gehen sie in einen Laden und decken sich mit Shorts, Hawaihemden, Sandalen und großen schwarzen Sonnenbrillen ein. Inkognito geht es an den Strand. Kaum haben es sich die beiden Hirten mit einem kühlen Drink in ihren Liegestühlen gemütlich gemacht, läuft an ihnen eine gut gebaute Bikinischönheit vorbei und grüßt: „Guten Tag, Patres, einen schönen Tag, Patres!"

Die Priester kommen aus dem Staunen nicht he-

raus. Am nächsten Tag eilen sie wieder in den Shop um die Ecke und kaufen noch verrücktere Klamotten in der Hoffnung, nun wirklich unerkannt zu bleiben. Und wieder läuft diese sagenhafte Schönheit an ihnen vorbei, sie winkt und ruft: „Guten Tag, Patres, einen schönen Tag, Patres!"
Das gibt es doch nicht! Der eine Geistliche springt auf und läuft der leicht bekleideten Dame hinterher. „Sagen Sie einmal", keucht er, als er sie eingeholt hat, „woher wissen Sie denn, dass wir Priester sind?!" Die Frau antwortet entrüstet: „Aber Vater, ich bin `s doch! Schwester Klara!"

Roland Werner

wurde 1957 in Duisburg geboren und ist seit April 2011 Generalsekretär des CVJM-Gesamtverbandes in Deutschland. Er ist Prior der Christus-Treff-Gemeinschaften Marburg, Berlin und Jerusalem sowie Autor mehrerer Bücher und Bibelübersetzer („dasbuch"). Zudem veröffentlicht er regelmäßig Kolumnen in der Zeitschrift *Aufatmen*.

Klaus und der Bischof

Seit vielen Jahren feiern wir jeden Donnerstagabend in der Pfarrkirche in der Marburger Oberstadt einen offenen Gottesdienst. Um die 300 Studenten, Jugendliche, junge und ältere Erwachsene kommen zusammen. Band, Videos, Theater, Lobpreis, frische Moderation und missionarische Verkündigung sind Markenzeichen dieser „Christus-Treff Gottesdienste". Einer der ständigen Besucher war Klaus, ein junger Mann mit Down-Syndrom. Klaus gehörte einfach dazu. Er umarmte jeden, dem er begegnete. In den Zeiten der Stille meldete er sich häufig mit lauter Stimme zu Wort. Er betete. Über die Jahre konnten wir immer besser verstehen, was er sagte. Manchmal musste man seine Gebete liebevoll etwas abkürzen, indem ein Mitarbeiter seinen Arm um Klaus' Schulter legte.

Klaus gehörte einfach dazu, bis zu seinem vorzeitigen Tod vor drei Jahren.
Eines Tages war der ehemalige Bischof unserer Landeskirche, Prof. Dr. Christian Zippert, zum Predigen da. Mit seiner sonoren Stimme zog er die Zuhörer in den Bann. Nur Klaus schien nicht so begeistert. Mitten in die Predigt hinein sagte er weithin hörbar: „Der labert und labert und labert!" Großes Gelächter überall. Bischof Zippert nahm es mit Humor. Am Ende des Gottesdienstes ging Klaus auf den Bischof zu, umarmte ihn, gab ihm einen freundschaftlichen Klapps auf die Wange und sagte: „Gut gemacht, Junge!" Der Bischof nahm es als Kompliment und umarmte seinerseits Klaus herzlich. Wir vermissen beide sehr.

Hinrich C. G. Westphal

Der Pastor und Journalist, geboren 1944, arbeitete als Gefängnisseelsorger und 26 Jahre für die Öffentlichkeitsarbeit der Nordelbischen Kirche. Für verschiedene Zeitschriften und Tageblätter ist er als Kolumnist tätig. 1997 gründete er den Verein *Andere Zeiten e.V.*, in Hamburg, dessen Vorsitzender er ist.

Wie geht's?

Der Pfarrer hält sich zugute, schlagfertig und kommunikativ zu sein. Für alle Gemeindeglieder scheint er das passende Wort parat zu haben, auch als er Herrn Schmidt auf der Straße begegnet. „Wie geht's Ihrer Frau?" ruft er ihm munter zu, doch da fällt ihm siedend heiß ein: Die hast du doch voriges Jahr erst beerdigt! Blitzschnell schiebt er die Frage nach: „Immer noch auf demselben Friedhof?"

Zu viele Wunder

Einem Ehepaar, das beim besten Willen keine Kinder bekam, riet der Pfarrer zu einer Wallfahrt nach Lourdes. Dort sollten sie eine Kerze anzünden. Kurz darauf wurde der Geistliche an einen anderen Ort versetzt. Viele Jahre später kehrt er in seine ehemalige Gemeinde zurück und will auch das Ehepaar besuchen. Als er an der Haustür klingelt, öffnen ihm sieben Kinder. „Sind eure Eltern zuhause?" „Nein", antwortet die Älteste, „die machen eine Wallfahrt nach Lourdes". „Ja, wozu denn?", fragt der Pfarrer erstaunt. „Sie wollen dort eine Kerze ausblasen."

Fehlgriff

Ein Flugzeug droht abzustürzen. An Bord befinden sich Barack Obama, Silvio Berlusconi, Papst Benedikt XVI. und sein Sekretär. Doch es gibt für sie nur drei Fallschirme. „Ich werde als Präsident der Weltmacht USA dringend gebraucht", ruft Obama, nimmt sich einen Schirm und springt aus dem Flugzeug. „Ich bin als klügster Staatschef Europas unersetzbar", ruft Berlusconi und folgt dem Amerikaner. „Ich bin ein alter Mann", sagt der Papst zu seinem Sekretär, „nimm du den letzten Schirm." „Nicht nötig", meint dieser, „wir haben noch zwei Fallschirme. Der klügste Staatschef Europas ist gerade mit meinem Rucksack abgesprungen."

Klaus Weyers

Der in Krefeld geborene und in der Lausitz aufgewachsene Exerzitienmeister und Geistliche Rat gehört zu den bekanntesten Schreibern für Kirchenzeitungen wie den *Tag des Herrn* oder das *Klerusblatt*. Er ist Autor zahlreicher humorvoller Bücher rund um Glaube und Kirche.

Hoch hinaus

Ein Berliner klettert in Bayern einen Berg hinauf. Ein Bayer kommt von oben herunter. Als sie sich begegnen, sagt der Bayer: „Grüß Gott!" Der Berliner antwortet: „So hoch wollte ich heute eigentlich nicht."

Pfarrer und Prälaten

Pfarrer sind wie Gott: am Sonntag unbegreiflich und in der Woche unsichtbar.
Prälaten sind Geröll vom Felsen Petri.

Rainer Maria Woelki

wurde am 18. August 1956 in Köln geboren. 1999 wurde er zum Kaplan seiner Heiligkeit und 2003 schließlich zum Weihbischof des Erzbistums Köln ernannt. Zudem ist er Mitglied der Kommission Geistliche Berufe und kirchliche Dienste sowie Wissenschaft und Kultur der Deutschen Bischofskonferenz.

Gespräch zweier Kerzen

Treffen sich zwei Kerzen. Sagt die eine: „Du – Wasser kann ganz schön fies sein." Sagt die andere: „Davon kannst du ausgehen."

Christoph Zehendner

Der 1961 in Bad Windsheim geborene Moderator und Theologe arbeitet als freier Journalist in der landespolitischen Redaktion des SWR und gehört zu den bekanntesten Textern im Bereich des neuen geistlichen Lieds. Zudem ist er Autor mehrerer Bücher und unterstützt die medizinische Arbeit der Christusträger-Bruderschaft in Kabul/Afghanistan sowie die Nethanja-Kirche in Indien.

Kurioses vom See Genezareth

Drei geistliche Herren überqueren den See Genezareth in einem Ruderboot: Ein katholischer Priester, ein evangelischer Pfarrer und der Pastor einer Pfingstgemeinde. Als die Sonne am Mittag unbarmherzig auf ihre Köpfe brennt, sagt der Pfarrer: „Mal sehen, ob ich uns etwas zu trinken besorgen kann.“ Dann steigt er aus dem Boot, geht zu Fuß über den See und kehrt nach einer Weile auf dem gleichen Weg zurück – in der Hand drei Flaschen Mineralwasser.

Man trinkt gemeinsam, dann sagt der Pfingstpastor: „Mal sehen, ob ich uns etwas zu essen besorgen kann.“ Auch er steigt aus, macht sich zu Fuß über den See auf den Weg und kehrt mit belegten Broten zurück.

Der Priester bedankt sich höflich bei beiden, hat

aber große Mühe zu verbergen, wie sehr ihn der Auftritt der Kollegen beeindruckt hat. Dann atmet er tief durch, verabschiedet sich mit den Worten: „Mal sehen, ob ich uns einen Nachtisch besorgen kann." Er nimmt seinen Mut zusammen, schwingt sich über den Rand des Bootes – und versinkt sofort in den Fluten.
„Wir hätten ihm doch verraten sollen, wo die Steine sind", überlegt bedauernd der Pfarrer. „Welche Steine denn?", fragt da der erstaunte Pfingstler.

Peinliche Verwechslung

„Wir haben uns schon so auf Sie gefreut!", mit diesen Worten begrüßt ein sichtlich begeisterter Pastor in Norddeutschland den Liedermacher und Sänger, der im Rahmen seiner Tournee heute bei ihm Station macht. Schon vor dem Gemeindehaus ist er dem Sänger entgegen gekommen, er schüttelt ihm die Hand und versichert ihm, wie sehr sich die Gemeinde über ihren außergewöhnlichen Gast freut. „Unsere Gemeinde schätzt Sie und Ihre Lieder ganz außerordentlich, unsere Chöre und auch die gesamte Gemeinde singen gerne und oft Lieder aus Ihrer Feder. Und da ist Ihr Konzert bei uns eben etwas ganz Besonderes, lieber Herr Zehendner!"

Der Sänger stutzt, braucht einen Augenblick, bis er sich gefasst hat, und antwortet dann lächelnd: „Leider muss ich Sie enttäuschen: Mein Name ist Clemens Bittlinger, nicht Christoph Zehendner. Ein paar Lieder von meinem Kollegen kenne ich schon, die singe ich gerne für Sie, aber allzu viele sind es nicht, das wird heute ein sehr kurzes Konzert werden ..."

Aus der Fassung gebracht

Stundenlang hat Schwester Cäcilie den Kindern im Ferienlager vom Papst vorgeschwärmt. Wieder und wieder hat sie seine Persönlichkeit gelobt, seinen untadeligen Ruf, seinen messerscharfen Verstand, seine unendliche Güte, seine wertvollen Predigten und Bücher und all seine herausragenden Talente und Fähigkeiten. Einfach einzigartig und unvergleichlich sei der Heilige Vater, das wiederholt sie wieder und wieder.
Die Augen der Kinder fallen schon fast zu, da meldet sich die kecke siebenjährige Sabrina mit einer Frage: „Schwester, muss der Papst eigentlich auch auf's Klo?" Die Schwester erbleicht, die Frage trifft sie vollkommen unvorbereitet: „Ja, schon ...", stammelt sie, „... aber nicht so oft!"

Paul M. Zulehner

Der österreichische Theologe und Priester, geboren am 20. Dezember 1939 in Wien, war jahrelang Professor für Pastoraltheologie an der Universität Wien. Des Weiteren ist er Mitglied sowohl in der Europäischen als auch der Österreichischen Akademie der Wissenschaften.

Heiratspläne

Graf Bobby und Graf Rudi sind typische Wiener. Im Gespräch: Sohn Bobby und seine gräfliche Mutter. „Es wird jetzt Zeit, dass du heiratest", sagt die Mutter. „Wie wär's mit der Gräfin Stasi?" Darauf Rudi: „Die ist doch so hässlich!" – „Und die Gräfin Gundi?" – „Die ist doch viel zu hoch gewachsen!" – „Ja und du, wen willst du denn heiraten?" – Darauf Graf Bobby: „Am liebsten den Rudi." – Ganz entsetzt die Mutter: „Aber der ist doch evangelisch!"

Quellennachweis:

Texte:

Seite 12/13: Drutmar Cremer: Ein Engel bläst den Schöpfungstusch – Heitere Verse
© Beuroner Kunstverlag · www.klosterkunst.de

Seite 21: Göring-Eckhardt: aus: Typisch! Kleine Geschichten für andere Zeiten, Verein andere Zeiten Hamburg, www.anderezeiten.de

Seite 28: Hofmann: Mit freundlicher Genehmigung des Wienand Verlages
© Friedhelm Hofmann, „Stüfchen, Eminenz!“, 1991, S. 91 und 93

Seite 88/89: aus: Lutz Scheufler, 10 x besser Leben, © S.D.G. Verlag

Seite 91-93: aus: Jörg Swoboda, Besser aufgeweckt als eingeweckt, S. 10, Aufl. 2011-06-06
Neukirchener Aussaat, Neukirchener Verlagsgesellschaft mbH, Neukirchen-Vluyn

Seite 97/98: aus: Vogel, Hans-Jochen: Bernhard Vogel / Hans-Jochen Vogel, Deutschland aus der Vogelperspektive, Eine kleine Geschichte der Bundesrepublik © Verlag Herder GmbH, Freiburg im Breisgau, 2007, S. 200

Fotos:

Seite 10: © Steffen Giersch;
Seite 11: © Uschmann;
Seite 12: © Maria Laach;
Seite 14: © Sächsische Konzert- und Künstlerdirektion GmbH;
Seite 16: © Bistum Magdeburg;
Seite 18: © Bildarchiv Bistum Basel;
Seite 24: © Bistum Erfurt;
Seite 25: © Evangelische Kirche von Kurhessen-Waldeck;
Seite 27: © www.hipp.de;
Seite 28: © Bistum Würzburg;

Seite 30: © Erzbistum Hamburg;
Seite 32: © Evangelische Kirche in Hessen und Nassau;
Seite 34: www.fussball-gott.com, © Thomas Gerstmann;
Seite 44: © Petra Rainer/Erzdiözese Salzburg;
Seite 49: © Diözese St. Pölten;
Seite 50: © Werner Tiki Küstenmacher;
Seite 55: © Bistum Mainz;
Seite 70: © Konrad Rufus Mueller;
Seite 71: © Heike Lohmann/Lohmann Media;
Seite 74: © Heiko Wolf;
Seite 75: © idea Spektrum;
Seite 76: © Erzbistum Köln;
Seite 81: © Bistum Aachen – Andreas Steindl;
Seite 82: © Bistum Mainz;
Seite 83: © Bistum Regensburg;
Seite 84: © Bistum Dresden-Meißen;
Seite 86: Bistum Innsbruck – © Lair;
Seite 88: © Thomas Kretschel;
Seite 90: © Sandy Rau;
Seite 91: © Gunnar Bremer;
Seite 94: © Erzbistum Hamburg;
Seite 102: © LKBS Schulze;
Seite 104: © www.andi-weiss.de;
Seite 106: © CVJM-Gesamtverband in Deutschland;
Seite 108: © Boris Rostami;
Seite 111: © Erzbistum Köln;
Seite 112: © Heiko Wolf, Pretoria.

Wir danken den genannten Inhabern von Text- und Bildrechten für die freundliche Erteilung der Abdruckgenehmigung. Der Verlag hat sich bemüht, alle Rechteinhaber in Erfahrung zu bringen. Für zusätzliche Hinweise sind wir dankbar.